W0301746

Querverlag

Lovis Cassaris

Ein letztes Mal wir

Roman

Alle Charaktere, Schauplätze und Handlungen in diesem Roman sind frei erfunden. Ähnlichkeiten mit lebenden und toten Personen sind unbeabsichtigt.

Lektorat: Lara Ledwa

Erste Auflage März 2016

Umschlag und grafische Realisierung von Sergio Vitale unter Verwendung einer Fotografie von fotolia (© Jens Ottoson).

Druck und Weiterverarbeitung: FINIDR
ISBN 978-3-89656-239-5
Printed in the Czech Republic

Bitte fordern Sie unser Gesamtverzeichnis an:
Querverlag GmbH, Akazienstraße 25, D-10823 Berlin
http://www.querverlag.de

Für Claudio

Nicht in die Ferne, in die Tiefe sollst du reisen.
– Ralph Waldo Emerson

Kapitel 1

Noch könnte ich so lange hier warten, bis mein Name einmal, zweimal, dann ein drittes und letztes Mal über Lautsprecher ausgerufen wird. Und selbst dann würde er fremd in meinen Ohren klingen. Ich könnte meine Kopfhörer wieder im Handgepäck verstauen, da ich ohnehin schon seit dem Aufstehen ein unerträgliches Pochen in der linken Schläfe verspüre, den ganzen Weg zurück ins Stadtzentrum fahren, darauf warten, dass die erste Bäckerei ihre Türen öffnet, um dann doch nichts zu finden, was mir schmecken könnte, und die frischgedruckte, noch unberührte NZZ zu Hause lesen. Ich würde mir erst später Gedanken über das aufgegebene Gepäckstück machen, es – wenn überhaupt – erst abends wieder abholen und die gesamte Ausrüstung, die ich in den letzten Monaten gekauft habe, nach und nach bei eBay versteigern. Vielleicht würde ich das Schweizer Taschenmesser behalten. Als Erinnerungsstück an ein nie stattgefundenes Abenteuer. Und mich dann weiter in Selbstmitleid suhlen.

Stattdessen scanne ich den QR-Code meines Flugtickets ein, durchschreite die Schranke und lasse die Sicherheitskontrolle über mich ergehen. Es ist verboten, Flüssigkeiten mitzunehmen, die außerhalb des Sicherheitsbereiches gekauft wurden. Ich werfe widerwillig meine einzige Koffeinquelle in den Müll: eine Cola-Flasche, die mich hinterher ein Vermögen kosten wird, weil die Preise auf dem Flughafengelände horrend sind. *„Share a kiss with Lena“* steht auf der Flasche, eine neue Werbeaktion des Getränke-Giganten, aber ich kenne keine Lena. Und selbst wenn ich eine kennen würde, hätte ich keine Lust, sie zu küssen. Also ruhig in den Müll damit.

Am Gate sind alle schon in Aufbruchsstimmung. Zusammengetriebene Schafe, so wirken sie auf mich, die es kaum erwarten können, wieder in ihren Stall zurückzukehren. Ich stelle mich als Letzte in die Schlange und kann es nun selbst kaum erwarten, bald in der Maschine zu sitzen. Vielleicht finde ich dann endlich ein wenig Schlaf. Schlaf, den ich vor der großen Anstrengung so nötig habe und der in den letzten Monaten für mich zu einem seltenen Gut geworden ist.

Endlich halte auch ich den Barcode über den Scanner. Als das Licht nach mehreren Versuchen weiterhin rot aufleuchtet, werde ich nervös.

„Zeigen Sie mal." Ich überreiche dem Mann vom Bodenpersonal kommentarlos das Ticket.

„Tut mir leid, Sie müssen warten, bis Sie aufgerufen werden. Das Boarding betrifft aktuell die Gruppen A und B. Sie gehören aber zu C", erklärt er mir in einem übertrieben freundlichen Ton. *Fängt ja schon mal gut an.* Ich mache einen Schritt zur Seite. Es möchte sich niemand an mir vorbeidrängen.

„Offensichtlich sind die Gruppen A und B bereits komplett in der Maschine", sage ich und halte das Ticket wieder über den Scanner.

„Sie müssen warten, bis Sie aufgerufen werden."

Fassungslos starre ich den Bodensteward an. Hinter mir nur gelangweilte Gesichter.

„Sehen Sie nicht? Es steht sonst *niemand* mehr dafür an."

„Es gibt klare Richtlinien bei der Flugabfertigung", belehrt er mich.

Peinlich berührt lausche ich der leisen Hintergrundmusik. Und spüre, wie mein Blutdruck steigt. Kerzengerade steht der Kerl vor mir, ohne mit der Wimper zu zucken. Ewig passiert nichts. Ich fange an, auf den Füßen hin- und herzuwippen. Wenn ich mir gestern nicht bereits alle Fingernägel abgeknabbert hätte, würde ich wohl jetzt erneut damit beginnen. Dann nimmt er einen Hörer ab, wählt eine Kurznummer, lauscht. Und legt wieder auf.

„Können Sie mich nun bitte durchlassen?", insistiere ich.

Diesmal erhalte ich nicht einmal eine Antwort. Ich öffne den Rucksack und suche nach einer Kopfschmerztablette. Eine von denen aus der Werbung, die man auch ohne Wasser einnehmen kann. *Wo ist die verdammte Packung?* Ich knie mich hin. In der durchsichtigen Plastiktüte ist sie nicht. Weg damit. Vielleicht noch in der Seitentasche meiner Fleece-Jacke? Auch nicht. Stifte? Warum zum Teufel habe ich bloß so viele Stifte eingepackt? Auch auf den Fußboden damit. Raus auch mit dem Wirtschaftsteil der NZZ, dem Apfel und der Tupperdose mit den selbstgebackenen Keksen von Frau Novak, meiner Nachbarin. Kaum habe ich alles auf dem Fußboden verteilt und die Packung mit den Kopfschmerztabletten endlich in der Hand, höre ich diese unsympathische Stimme wieder.

„Achtung, wichtige Durchsage. Alle Passagiere der Gruppe C, gebucht auf Helvetia Airlines, Flug AB1409 nach Stockholm, werden nun gebeten, sich zum Gate A43 zu begeben", spricht der Steward endlich ins Mikrofon.

Mein Sitzplatz befindet sich genau über den Tragflächen, hinter mir sind kaum noch Reihen belegt. Trotzdem wissen die Leute nicht, wohin mit ihrem Handgepäck, ihren Laptoptaschen, ihren Sommerjacken. Am Fenster sitzt ein junger Mann, der aufmerksam das Geschehen draußen beobachtet. Dem Geräusch nach zu urteilen, wird gerade unser Gepäck in die Maschine gewuchtet.

Ich lege mein Handgepäck auf den Sitz zwischen mir und meinem Reihennachbarn und packe die Kopfhörer aus. Der Unbekannte sagt „Hallo“, ich nicke nur und setze sie auf. *Bitte, kein Gespräch. Nicht um diese Uhrzeit. Und auch sonst nicht.*

Ich schließe die Augen, wäge mich in Sicherheit, spüre das Flugpersonal den engen Gang hoch- und runtergehen. Jemand tippt mir auf die Schulter. Zwei große Augen, die mich mit langen Wimpern anblinzeln. Ein auffordernder Blick. Ausgerechnet ich sitze in der Reihe am Notausgang. Ich reagiere leise protestierend auf die Bitte der Flugbegleiterin und stehe auf, um meinen Rucksack zu verstauen. Die Ablage über meinem Kopf ist natürlich voll. Mein Blick schweift über die noch offenen Ablagen, bis ich zwischen Reihe sechzehn und siebzehn eine freie Lücke entdecke. „Verdammter Mist!“ Ich hämmere das Gepäck mit den Fäusten zwischen die restlichen Handkoffer, bis mich plötzlich jemand am Handgelenk festhält. Ich lasse mich nicht gerne anfassen, schon gar nicht von fremden Leuten zu unmenschlichen Uhrzeiten in engen, ungemütlichen Maschinen, und verpasse der Flugbegleiterin eine imaginäre Ohrfeige. In meiner Fantasie treffe ich ihr Gesicht so präzise, dass die Frau nicht anders kann, als den engen Gang rückwärts zu torkeln, während sie sich verzweifelt an einem der Passagiere festzuhalten versucht. Sie zerreißt ihm den Ärmel seines italienischen – oder von mir aus auch englischen – Designerhemds, knallt mit voller Wucht gegen den bereitstehenden Trolley, rammt diesen dem verdutzten Kollegen in den Bauch und bewirkt damit, dass er sich, unfreiwillig in eine unglückliche Ereigniskette verwickelt, die Hände mit dem heißen Teewasser verbrüht. Bei dieser Vorstellung empfinde ich ein Gefühl der Genugtuung.

„Wenn Sie gestatten, nehme ich den Rucksack zu mir nach vorne." Ich gestatte nicht, aber die Flugbegleiterin ist längst hinter einem grauen Vorhang verschwunden, bevor ich überhaupt etwas sagen kann. Kaum habe ich mich wieder hingesetzt, fängt auch schon die Vorführung der Sicherheitsmaßnahmen an. Ich kann nicht anders, als meinen Sitznachbarn am Fensterplatz zu mustern. Offensichtlich fliegt er nicht so oft, denn er interessiert sich tatsächlich für die genauen Handbewegungen der Crewmitglieder. Eine dezente Erscheinung. Zwar gutaussehend, aber eben einer dieser modebewussten Hipster, die neue Klamotten wie alte Fetzen tragen, sich Bärte wachsen lassen und die ich in Zürich zu Tausenden sehe. Ich wette, er studiert irgendwas mit Medien, tippt auf überteuerten Produkten mit Apfel-Logo und lässt sich das Studium von Papa finanzieren. An der Kasse der veganen Uni-Kantine anstehend kotzt er dann Sätze heraus wie „Mein spornosexueller Genderfriend ist ein Suchtie." Seine schwitzenden, angeschwollenen Hände widern mich an.

„Auch Ihr erster Flug?", fragt er mich auf einmal. Ich muss ihn zu lange gemustert haben, und jetzt habe ich den Salat.

„Nein."

„Waren Sie schon mal in Stockholm?"

„Nein", wiederhole ich genervt. Ich starre auf den Sitz vor mir. *Fasten seat belt while seated. Life vest under your seat.*

„Ich schon. Aber damals bin ich Zug gefahren. Bin fünfmal umgestiegen und habe insgesamt dreiundzwanzig Stunden gebraucht. Ohne Verspätung. So etwas mach ich nicht noch mal mit!"

„Verstehe“, stoße ich hervor und öffne irgendeine App auf dem Smartphone.

„Sie müssen vor dem Start alle elektrischen Geräte ausschalten. Und Handys sind gar nicht erlaubt.“ Dieselbe nervtötende Flugbegleiterin von vorhin. Die Gepäckdiebin. „Auch nicht im Flugmodus?“

„Auch nicht im Flugmodus“, wiederholt sie. Wohl eine, die es sehr genau nimmt.

„Von mir aus“, grummle ich und stecke das Handy wieder in meine Jeanstasche.

Während der nächsten zweieinhalb Stunden erfahre ich alles über Mister Hipster, der einfach nicht den Mund halten kann. Dass er eigentlich Thomas heißt, seit acht Jahren im Zürcher Kreis 4 wohnt und dass er schon immer auf zehntausend Metern Höhe einen Tomatensaft trinken wollte. Wie zum Teufel kann man vormittags solchen Sprechdurchfall haben? Also neue Taktik. Ich stelle mich schlafend. Bei Tieren funktioniert der Trick mit dem Totstellen ja auch. Vielleicht schlafe ich wirklich dabei ein. Es war definitiv ein Fehler, den Flug um 6:50 Uhr zu buchen, nur um die zwanzig Franken zu sparen.

„Möchten Sie ein Käsebrötchen zum Frühstück?“ Ich öffne die Augen.

„Haben Sie nichts anderes?“

„Doch. Kein Käsebrötchen.“

„Dann nehme ich halt das, was da ist.“

„Bitte schön“, antwortet die Flugbegleiterin und stolziert an meinem Platz vorbei.

„Mit Ihnen in einer Maschine würde ich nicht sterben wollen“, zische ich auf einmal und erschrecke mich über mich selbst.

„Hier wird niemand sterben. Möchten Sie ein Getränk?“, kommentiert der nachrückende junge Mann. Während ich an meinem Teebecher nippe, wird Thomas allmählich nervös. Sollte er den Fehler machen, mich nochmals anzusprechen, präsentiere ich ihm ein paar Statistiken zu Flugzeugabstürzen. Oder ich sage ihm, dass bereits ein Vogel im Triebwerk reicht, vorbeigeflogen im falschen Moment, um diese Maschine abstürzen zu lassen. Zugegeben, es wäre etwas geschmacklos, ihm zu erzählen, dass der Pilot den Eindruck eines leicht Depressiven auf mich machte, als er uns vor dem Cockpit begrüßte, und ich verkneife mir den Spruch. Ich starre weiter nach vorne, auf den kleinen Bildschirm, auf dem abwechselnd unsere Reiseroute und Zeichentrickfilme von *Shaun das Schaf* gezeigt werden.

Es ist 9:10 Uhr, als die Maschine pünktlich in Stockholm-Arlanda landet. Der Weiterflug nach Kiruna wird auf der Tafel noch nicht einmal angezeigt. Ich kaufe mir einen englischen Krimi über einen Detektiv, der Urlaub in Italien machen will und sich dann doch mit einem Mord auf der Hotelanlage befassen muss. Eine Packung Drops mit Minzgeschmack bekomme ich kostenlos dazu.

„Entschuldige!“

Ich erkenne die Stimme und schaue nicht hoch. Stattdessen halte ich mir das Buch schön vors Gesicht.

„Entschuldige, bitte.“ Thomas beugt sich vor. Die Plätze rechts und links von mir sind glücklicherweise besetzt.

„Ja, was ist denn?“

„Wir haben im Flugzeug nebeneinander gesessen. Also ja, der Platz in der Mitte war frei.“

„Richtig.“

Jetzt geht Thomas vor mir in die Hocke. Sein Atem riecht nach Käsebrötchen.

„Wir haben uns vorhin ja so nett unterhalten. Und … ich weiß nicht. Offensichtlich wartest du auch auf einen Weiterflug. Hast du Lust auf einen Kaffee?"

„Nein, danke." Jetzt, wo das Rauschen der Maschine und der Ohrendruck vorbei sind, fällt mir auf, dass er lispelt. Manchen Leuten bleibt es verwehrt, die Gemütslage ihrer Mitmenschen richtig zu deuten. So einer ist Thomas ganz offensichtlich. Ich kann mich beim besten Willen nicht mehr auf den Inhalt des Buches konzentrieren, wenn er mich so erwartungsvoll anstarrt. Die Buchstaben fallen vor meinem inneren Auge zu einem Haufen zusammen, und ich verfluche im nächsten Moment die Frau neben mir, die nach einer undeutlichen Lautsprecherdurchsage den Platz räumt.

„Du passt bestimmt kurz auf meine Sachen auf, oder? Ich bin gleich wieder da." Ich nicke. Hoffentlich kommt er nicht so schnell zurück. Ich blicke ihm nach, bis er in der Menschenmenge verschwunden ist. Sein Ticket schaut aus der Seitentasche seines Rucksacks heraus. Als ich mich unbeobachtet fühle, ziehe ich das Papier ganz heraus. *Es kann doch nicht wahr sein.* Da steht es schwarz auf weiß: Kiruna. So viele Orte auf der Welt, und Thomas fliegt ausgerechnet mit mir nach Kiruna. Platznummer 21A. Ganze neun rettende Reihen dazwischen. Gerade noch rechtzeitig kann ich die Bordkarte weglegen. Thomas lässt sich mit zwei Bechern Kaffee blicken.

„Ich dachte mir, dass du es vielleicht nicht so meinst, wie du es gesagt hast", sagt er zuckersüß und hält mir einen Pappbecher entgegen.

„Hör zu, Junge. Auch wenn ich jetzt diesen Kaffee annehme, heißt das nicht, dass wir beste Freunde sind. Du hast Glück, dass ich schon seit bald sechs Stunden wach bin und nicht genug Koffein zu mir nehmen kann, um diesen verdammt langen Tag zu überstehen."

Tot stellen. Einfach nur tot stellen. Oder ihn erschlagen.

Während der nächsten Stunden finde ich immer wieder eine Ausrede, um das Gespräch entweder zu unterbrechen oder gar nicht erst anfangen zu lassen. Dann endlich die Lautsprecherdurchsage. Ich warte. Ich warte und beobachte Thomas, wie er seine Sachen einsammelt. Ahnungslos verabschiedet er sich, stellt sich in die Warteschlange und schlägt seinen roten Pass auf. Hätte ich vorhin sein Ticket an mich genommen, könnte ich mich an seiner verzweifelten Sucherei ergötzen. Und alleine und ungestört weiterfliegen.

Ich warte, bis er hinter dem Gate verschwunden ist und nur noch eine Handvoll Passagiere die Papiere vorzeigen muss. Erst dann stehe ich mit unsicheren Beinen auf. Trotzdem fest entschlossen, mein Versprechen einzulösen.

Kapitel 2

Die Boeing 737 landet pünktlich in Nordschweden, auch wenn sie durch ein Gewitter fliegen musste und sich mir dabei der Magen umdrehte. Als ich die Maschine verlasse, scheint mir die Sonne ins Gesicht, die sich ihren Weg durch die bedrohlichen Gewitterwolken erkämpft hat.

Am Gepäckband nehmen die meisten ihre Trekking-Rucksäcke und Zeltausrüstungen vom Band. Seit dem Einstieg in Stockholm habe ich Mister Hipster nicht mehr gesehen, und das beunruhigt mich. Ich würde ihn viel lieber im Auge behalten.

Vor dem Terminalgebäude warten schon die ersten Helfer und weisen mir und anderen den Weg zu den Bussen, die uns alle zum Camp Ripan fahren werden. Ich steige gleich in den ersten ein.

Der Bustransfer vom Flugplatz bis zur Schule, in welcher die Registrierung vorgesehen ist, ist in der Anmeldegebühr inbegriffen.

Die Strecke bis zum Sammelpunkt im Zentrum von Kiruna beträgt zehn Kilometer. Vielleicht ist Thomas in einen anderen Bus eingestiegen? Ich frage mich, warum ich mir darüber überhaupt Gedanken mache. Vielleicht nimmt er auch gar nicht am Lauf teil, sondern besucht Verwandte oder Freunde.

Am Camp Ripan folgt erst die Anmeldung an der Rezeption, dann die Registrierung und das Check-in in der Sporthalle der Schule, direkt neben dem Camp. Ich überreiche meine etwas zerknitterte Anmeldebestätigung und muss mir gleich ein Referat über die nicht enden wollenden Verhaltensregeln während der Wanderung anhören. Ich gebe das Gepäckstück mit allem ab, was ich erst nach dem Lauf brauchen und nicht vor meiner Ankunft in Abisko wiedersehen werde. Meine Startnummer wird daran befestigt: 1808. Ich erhalte einen Info-Zettel, eine Wanderkarte, einen Müllsack und einen Wanderpass – eine Art Stempelheft, um die erreichten Checkpoints nachzuweisen.

Nach der ersten Aufregung wird mir jetzt erst klar, wo ich gelandet bin. Wanderer, so weit das Auge reicht. Lauter Irre, die sich freiwillig quälen werden. Alle in perfekter Montur. Sie könnten alle Schweizer sein. Ich werde mich nie an den Anblick dieser outdoorbegeisterten Eidgenossen gewöhnen, die sich in ihren Jack-Wolfskin-Jacken und Scarpa-Wanderschuhen am Zürcher Bellevue herumtummeln, mitten in der Stadt, wo weit und breit kein Berg steht. Wie im Rausch kaufen sie zusätzliche Ausrüstung im Shopbereich, schlürfen Filterkaffee aus der Thermoskanne und tauschen sich über weiß Gott welche bereits gegangenen Wanderrouten aus. Ich kaufe ein paar Proteinriegel. Aus Langeweile.

Während die meisten dieser Irren sogleich ihre Zelte auf den dafür vorgesehenen Freiflächen des Camps aufbauen, beziehe ich ein geräumiges Doppelzimmer mit Flachbildschirm und Zimmerservice im einzigen Hotel weit und breit. Luxus mitten im Nichts, ein kaum zu überbietender Kontrast aus Dekadenz und Bescheidenheit. Ein Spa-Kurort mit Sauna, Fitnessraum und mehreren Restaurants mit Menüs à la carte. Aus meinem Fenster kann ich das immer größer werdende Meer an Zelten in allen Formen und Farben weiter beobachten.

Völlig erschöpft lasse ich mich auf das Bett fallen und knalle mit dem Kopf beinahe gegen die Stütze. Mit geschlossenen Augen lausche ich den aufgeregten Stimmen, die durch das offene Fenster in mein Zimmer dringen. Es ziehen Bilder von Meike an meinem inneren Auge vorbei. Meike, die mit mir das Zimmer teilt. Meike, die mich bittet, endlich meine Sachen auszupacken, weil sie nicht möchte, dass ich aus dem Koffer lebe. Eine erste, dann eine zweite und dritte Träne kullern mein Gesicht herunter, verschwinden im Kopfkissen. *Meike, meine süße Meike …*

Ich kann nicht einschätzen, wie lange ich weggedöst war, als es an der Tür klopft. Es gibt nur zwei Möglichkeiten: Entweder habe ich an der Rezeption meinen Ausweis liegen lassen oder …

„Du hier?" Thomas, der Plagegeist mit dem Bart. Ich gebe mir nicht die Mühe, meine Ungeduld zu verbergen.

„Sieht wohl so aus. Wie hast du mich gefunden?"

„Ich saß im Aufenthaltsraum, als du eingecheckt hast. Und ich habe zufällig die Zimmernummer mitbekommen. Und deinen Namen. Du bist also Alexandra. Machst du etwa auch bei der Wanderung mit?"

„Ja, sieht ganz danach aus."

„Hervorragend. Wer hätte das gedacht?" Ich muss innerlich zugeben, dass ich mich mitten im schwedischen Lappland auch nie gesehen hätte.

„Wann startest du denn?"

„Morgen um zehn Uhr."

„Wie schade." Thomas' Enttäuschung ist deutlich spürbar. „Ich starte erst in zwei Tagen. Sonst hätten wir zusammen laufen können."

„Ja, wirklich schade. Also, ich muss schlafen gehen."

„Schlafen gehen?“ Er schaut auf seine Digitaluhr. Offensichtlich eins dieser Dinger mit Pulsmesser und Schrittzähler und sonstigen Funktionen, die kein Mensch braucht und dennoch beinahe jeder besitzt. „Aber es ist doch noch gar nicht so spät.“ Ich werfe einen Blick zum Fenster. Abenddämmerung. Irgendwie heller und ganz anders als in Zürich.

„Hör zu, ich …“

„Ich lade dich ein“, unterbricht er mich. „Und dann kannst du immer noch früh genug ins Bett gehen.“ Ich überlege kurz.

„Was soll's?“, erwidere ich am Ende resigniert. Entkommen kann ich ihm sowieso nicht, und wenn ich jetzt nachgebe, lässt er mich vielleicht endlich in Ruhe.

Wenn jemand mir vor einem halben Jahr vorausgesagt hätte, dass ich eines Tages in einem Ort namens Kiruna, von dem ich davor nie etwas gehört hatte, mit einem fremden Mann ein Bier in der Hotelbar trinken und mich über Regenkleidung und Jackenfütterungen unterhalten würde, ich hätte ihn für verrückt gehalten.

„Woraus besteht denn deine Regenhose? Hydratic oder Goretex?“

„Weiß ich doch nicht.“

„Du wanderst nicht so oft, stimmt's?“

„Nein. Gar nicht. Ich hasse Wandern.“

„Warum nimmst du dann daran teil?“ Die Frage, vor der ich mich schon die ganze Zeit gefürchtet hatte.

„Ich habe hier einen …“ Ich überlege kurz. „… einen Auftrag zu erledigen.“

„Einen Auftrag? Du bist also nicht freiwillig hier?“

Ich rutsche auf meinem Sessel hin und her. „Doch, bin ich.“

„Jetzt machst du mich aber neugierig. Bist du ein Bond-Girl oder so? Du hast hier eine Mission zu erfüllen, bist aber noch nie gewandert, und eigentlich hasst du …“

„Du weißt sowieso schon zu viel über mich. Und ich über dich.“ Danach müssen wir beide lachen. Dabei fällt Thomas ein Tröpfchen Spucke auf den Bart und verschwindet langsam unter dem dichten Haar.

„Was ist das?“ Erst jetzt fällt mir die Plastikhülle auf dem Tisch auf, und ich bin froh um die Möglichkeit, vom Gesprächsthema abzulenken.

„Schau es dir an“, fordert mich Mister Hipster heraus.

„Ein Quartett-Spiel? Bist du nicht schon zu alt für so einen Kram?“

„Man ist nie zu alt für ein anständiges Gesellschaftsspiel. Schau es dir genauer an.“

„Tyrannen. Aus der Reihe Geißeln der Menschheit“, lese ich laut vor und breche gleich in Lachtränen aus. Das Bier auf nüchternem Magen verfehlt seine Wirkung nicht. „Was sind das denn für kranke Kategorien? Nazi-Kollaborateure, Junta-Chefs, Kolonialisten. Oh, auch Wahlbetrüger. Ist das Bush?“

Thomas nickt und wischt sich eine Träne vom Gesicht. „Wie du siehst, ist das kein Spiel für Kinder. Nimmst du noch eins? Ja, oder?“ Ohne meine Antwort abzuwarten, holt er uns am Tresen noch zwei Bier.

„So“, sagt er, während er die Gläser auf den kleinen Tisch stellt. „Jetzt will ich wissen, was du beruflich machst.“

„Rate.“ Thomas macht ein nachdenkliches Gesicht und mustert mich dabei. Vielleicht etwas zu lange.

„Ich weiß nicht. Du hast einige Tattoos, und mit deinen Dreadlocks könntest du keinesfalls in einer Bank arbeiten. Bist du Künstlerin?“

„Zu vage. Zwei Versuche hast du noch."

„Ich deute das als nein. Wenn du keine Künstlerin bist, fällt Tätowiererin wohl weg. Lass mich überlegen. Okay, aber sei mir nicht böse, wenn ich das sage. Du bist arbeitslos."

„Wie kommst du auf diese Idee?" Ich boxe Thomas auf den Oberarm und lasse ihn vor Schmerz aufschreien. Das gefällt mir.

„Entschuldige! Ich dachte, vielleicht ist es eine Fangfrage oder so", kichert er.

„Einen Versuch hast du noch."

„Sekunde, ich hab's gleich. Du bist Bardame."

„Sehe ich deiner Meinung nach aus wie eine Dame? Wieder falsch."

„Ich gebe auf. Also, schieß los."

„Ich bin Tätowiererin. Und Piercerin."

„Aber ich hab doch Künstlerin gesagt!"

„Richtig, aber das war mir zu offen geraten. Außerdem bin ich nur Künstlerin, wenn ich ohne Vorlage arbeiten darf. Aber das trauen sich die wenigsten Kunden zu."

„Tätowiererin. Das ist irgendwie cool."

„Du willst dich doch nur einschleimen." Thomas fährt mit den Fingerspitzen über den Old-School-Anker auf meinem Unterarm. Ich ziehe ihn zurück.

„Nein, echt. Tätowiererin ist so was wie Chirurgin oder Fluglotsin. So viel Verantwortung für einen Menschen würde ich niemals übernehmen wollen."

„Du musst einfach dein Handwerk können. Was machst du denn beruflich?"

„Ich studiere noch. Philosophie, Publizistik und Kommunikationswissenschaft. Und später übernehme ich die Werbeagentur meines Vaters und arbeite als Creative Director."

„Solange du nicht so einen sexistischen Blödsinn produzierst wie diese Werbung mit der halbnackten Frau, die auf einem Löwen reitet."

„Du meinst den aktuellen Werbespot von der Bank?"

„Ja, genau den."

„Der war von meinem Vater."

„Was war von deinem Vater?", frage ich verunsichert nach. Ich spüre, wie sich mein Magen zusammenzieht.

„Der Werbespot."

„Dann richte deinem Vater aus, dass er ein ganz großer Chauvi ist", sage ich halb im Ernst.

„Ach, Alexandra. Werbung kommt nicht ohne Sexismus aus."

„Lass uns bitte das Thema wechseln, sonst streiten wir uns gleich."

„Gut", schnauft Thomas. „Worüber möchtest du reden?"

„Über Sinnvolleres. Ich bin zum Beispiel auch Philosophin."

„Hast du studiert? In Zürich? Vielleicht sind wir uns schon mal …"

„Nein", unterbreche ich ihn. „Aber die Geschichte des Tätowierens ist auch eine Geschichte der Philosophie." Als ich Thomas' ratlosen Blick sehe, rede ich weiter: „Ein Tattoo ist das Ergebnis zahlreicher Nadelstiche. Ein einzelner Nadelstich ergibt keinen Sinn, außer dass er hässlich ist. So wie der hier." Ich zeige auf einen kaum sichtbaren schwarzen Punkt auf meiner rechten Hand. „Als Jugendliche wollte ich meinen Geschichtslehrer provozieren und habe deshalb demonstrativ mit dem Bleistift herumgespielt, bis ich mir die Mine aus Versehen ins Fleisch gerammt habe." Thomas bricht in schallendes Lachen aus.

„Hör auf!“, kokettiere ich. „Ich durfte das Klassenzimmer bis Stundenschluss nicht verlassen. Ich hätte an einer Blutvergiftung sterben können!“

„Dein erstes Tattoo. Mit zwölf oder so“, grölt Thomas weiter.

„Lass mich jetzt ausreden! Ich war vierzehn, aber das ist Nebensache. Wie du siehst: Jeder Stich ist eine Narbe. Die Stiche bluten. Und wie ich geblutet habe! Viele davon sind schmerzhaft. Aber wenn man sie gemeinsam betrachtet, erst dann ergeben sie ein sinnvolles Bild. Deshalb wird kein Stich, kein Schmerz bereut. Und so gleicht das Leben einem Tattoo. Es besteht aus unzähligen Erfahrungen. Jede Erfahrung ist wie ein Nadelstich. Erfahrungen können schmerzen. Aber wie bei einem Tattoo ergibt sich aus jeder einzelnen Erfahrung ein Ganzes. Keine Erfahrung wird dann bereut.“

„Sehr tiefgründig“, seufzt Thomas. „Und kitschig.“

„Du Arsch.“ Ich nehme einen großen Schluck Bier. „Aber gut, ich gebe zu, dieser gehaltvolle Gedanke stammt aus irgendeinem Mädchenblog, den ich mal mit sechzehn im Netz entdeckt habe.“

„Und bist du selbstständig? Ich meine, hast du ein eigenes Studio?“

„Hatte ich mal. In Berlin. Jetzt arbeite ich im Studio eines hitzköpfigen Engländers. Das *Kinky Ink*.“

„Und deswegen bist du freiwillig in die Schweiz gekommen? Nur, um für einen hitzköpfigen Engländer zu arbeiten?“

„Ich habe gesagt, er ist hitzköpfig und nicht, dass er ein Arsch ist. Er ist echt schwer in Ordnung. Aber nein. Ich habe damals alles aufgegeben für …“ Ich schlucke.

„Für was? Oder wen?“, spezifiziert Thomas grinsend.

„Für ein neues Leben", beende ich den Satz. „So, das Bett ruft mich." Ich trinke die letzte Pfütze Bier, springe auf und lege Thomas ein paar Kronen auf den Tisch. „Du musst mich nicht einladen", insistiere ich, als er mir, völlig perplex, das Geld wieder in die Hand drücken will.

„Und wenn du weiterhin darauf Wert legst, dass ich hin und wieder ein Wort mit dir wechsle, darfst du mich nie, nie wieder auf den Grund dieser Reise ansprechen."

Kapitel 3

Nikkaluokta-Kebnekaise (21 km)

Nikkaluokta – ein Informationszentrum mit angeschlossenem Restaurant, ein paar Container, das Zelt des Organisationsteams und provisorisch aufgestellte Sanitäranlagen.

Punkt zehn Uhr soll meine Startgruppe losziehen. Ein Shuttle-Bus hat uns deshalb bereits um 8:30 Uhr zum Startpunkt chauffiert. Den neonfarbenen Markierungswimpel befestige ich an meinem Rucksack, den ich dann auf die Waage stelle: dreiundzwanzig Kilogramm. Trainiert habe ich mit achtzehn. Und dabei den Wasservorrat, die zusätzlich gekauften Powerriegel von gestern und das Zelt nicht mitgedacht. Ich versuche, mich nicht zu ärgern, und genieße die atemberaubende Landschaft, solange ich davon noch aktiv etwas mitbekomme. Nikkaluokta ist der Anfang des Trogtals, das sich dann in westlicher Richtung in das Kebnekaise-Massiv ausbreitet. Mit 2111 Metern ist es der höchste Berg Schwedens. Die Schweizer mit ihren Alpen können nur darüber lachen. Die Schweizer mit ihrem Wander-Gen oder Wander-Virus.

Das letzte Bier war definitiv eins zu viel gestern. Mir brummt ein wenig der Schädel, und diese Tatsache trägt nicht unbedingt zu meiner Laune bei.

Es geht gleich los, und für mich gibt es kein Zurück mehr. Ich werde mich dieser Herausforderung stellen. Wenn nicht für mich, dann wenigstens für Meike. Vierhundert Ehrgeizige versammeln sich auf dem Startgelände um eine Frau, die auf einer Holzkiste ein Sami-Lied singt. Heute bestimmt nicht zum letzten Mal. Ein junger Mann stupst mich mit dem Ellenbogen an, dabei kenne ich den doch gar nicht. „Sie wünscht uns alles Gute auf dem Weg. Das Lied vertreibt die bösen Geister." Er wischt sich eine Träne vom Gesicht. Pathetisch, denke ich und wechsle meinen Standort, um ihn nicht sehen zu müssen.

Nach dem Volkslied ein paar bedeutungsschwangere Abschlussworte, dann Musikwechsel und das Zeichen zum Start. Der Weg ist zwei, vielleicht drei Meter breit, und die Vordersten legen gleich ein strammes Tempo vor. Diejenigen mit Ultra-Leicht-Ausrüstung und in hautenger Sportkleidung fangen sogar an zu joggen.

Ein Vorbeirennender schlägt mir die Wanderkarte aus der Hand. Kaum gebückt, trampelt schon der nächste Idiot darauf herum.

„Entschuldige." Ohne sich umzudrehen, rennt die Unbekannte mit ihrem riesigen Objektiv an die Spitze der Gruppe. Eine Fotografin, die dieses Elend festhält – hat mir gerade noch gefehlt.

Tiere. Hässliche, schwitzende, gehetzte Tiere, denke ich.

Ich gehe aus der Schusslinie und warte, bis der Strom vorbeigezogen ist. Die Frau mit der Kamera ist verschwunden. Selbst sie, mit ihrem schweren Fotoapparat, ist schneller als ich.

Ich durchschreite das Tor zum Kebnekaise-Nationalpark. Die ersten Kilometer des Weges bestehen aus Birkenwald und kleinen Brücken, die über Moore führen. Und bereits hier machen mir Steine unterschiedlicher

Formen und Größen das Leben schwer. Spitze Steine, flache, runde Steine, rutschige, eckige Steine. Irgendein höheres Geschöpf muss das gesamte Geröll, alle Felsen, alle Steine dieser Welt absichtlich auf diesen Wegabschnitt gelegt und in hämischer Freude gesagt haben: Jetzt haben wir Götter endlich eine Möglichkeit, um die Menschen zu drangsalieren und sie so zu behandeln, wie sie es verdient haben.

Auf der ersten stählernen Hängebrücke denke ich bereits ans Aufgeben. In meinem Kopf rauscht es wie der Fluss unter mir. Wie soll ich noch die restlichen hundertsieben Kilometer schaffen? Der Rücken schmerzt. Der Schweiß presst sich durch meine Poren, dringt in die Kleidung ein. Die Luft um mich herum riecht nach Überanstrengung und imprägniertem Stoff. Nach meinen Berechnungen sind es noch drei Kilometer bis zum ersten Rastpunkt.

Mittlerweile hat sich die Menschenmasse aufgelöst, und ich bin froh um den frei gewordenen Platz, auch wenn diese Tatsache nicht für meine Kondition spricht. Die ersten Mitglieder der nach mir gestarteten Wandergruppe haben mich bereits eingeholt. Viele sind nicht etwa wegen der sogenannten Sache hier oder wegen der schönen Landschaft und schon gar nicht wegen des Spaßes. Wer die Strecke in unter zweiundsiebzig Stunden schafft, bekommt eine Goldmedaille. Wer sie in unter sechsundneunzig Stunden bewältigt, eine silberne. Bei unter hundertzwanzig Stunden bekommen die Langsamen eine Bronzemedaille. Der Rest muss sich mit der wohl schmerzhaften Erinnerung an die Reise und einem Hautwolf zufrieden geben. Ich mache mir nichts vor und zähle mich gleich zu den Letzteren. Und dann gibt es ein paar Verrückte, die sich zum Ziel genommen haben, die gesamte Strecke unter vierundzwanzig Stunden zu schaffen. Die tragen nur einen leichten Rucksack auf den Schultern und verzichten komplett auf Komfort.

Nachdem so ziemlich alle an mir vorbeigerauscht und hinter mir nur noch ein paar Familien mit kleinen Kindern unterwegs sind, verlasse ich den Pfad. Ich konzentriere mich auf den Boden und jeden einzelnen Schritt, um nicht über eine Wurzel zu stolpern. Thomas hat gesagt, Wurzeln sind Feinde. Ab und an knackst es im Gebüsch. Ich brauche dringend eine Pause. Als ich den Rucksack ablege, merke ich, wie sehr mir der Rücken jetzt schon schmerzt. Einen Augenblick muss ich warten, bevor ich endlich die Hosen herunterlassen und in die Hocke gehen kann. Ich fühle mich wie meine tote Großmutter.

Langsam nimmt der Druck in meiner Blase ab. Welche Erleichterung. Als ich ein Augenpaar im Gebüsch entdecke, verliere ich die Kontrolle über den Strahl. Im Zeitlupentempo richte ich mich auf und ziehe mich vorsichtig an. Das Fell komplett weiß, fällt das riesige Rentier in der dunklen, braungrünen Landschaft umso mehr auf. Es ist nicht scheu wie etwa ein Hirsch oder Reh, nein. Es steuert direkt auf mich zu. Wer starrt wen an? Als ich überlege, doch davonzurennen, trottet das Tier weiter und macht sich, als ob es mich nie gegeben hätte, über ein paar Flechten her.

Jetzt erst spüre ich, wie der nasse, warme Stoff meiner Hose an meinen Innenschenkeln klebt. Fuck, das ist genau das, was ich brauchte … Ich stinke jetzt schon wie ein Eber, dabei hat die Reise noch nicht einmal richtig angefangen. Erst, als das Rentier nicht mehr in Sichtweite ist, traue ich mich, eine frische Hose aus dem Rucksack zu kramen und mich umzuziehen. Die nasse Hose stecke ich in eine Mülltüte, und nur mühsam schaffe ich es, den Rucksack wieder auf den Rücken zu stemmen. „Mach's gut, du … du doofes Ding, wo auch immer du jetzt sein magst. Aber wunderschön warst du, das muss ich zugeben", verabschiede ich mich schmunzelnd und gehe den Weg zurück zum Wanderpfad. Die Luft ist zwar frisch, etwas zu frisch für den Monat August, aber ich schwitze so sehr, dass mir das willkommen ist. Ich werfe einen Blick auf die Wanderkarte, dann schaue ich hinter mich auf den Weg. Selbst die Familiengruppen sind nicht mehr in Sicht. „Endlich ein wenig Ruhe", sage ich mir, auch wenn mich jetzt doch ein mulmiges Gefühl begleitet. Welchen Tieren werde ich denn noch in der Tundra begegnen? Und warum zum Teufel habe ich mich nicht vorher darüber informiert? Ich beschleunige den Schritt. Die Schmerzen machen sich nun auch in Füßen und Knien bemerkbar. Meike hat mich gezwungen, vor der Reise ordentliche Schuhe zu kaufen. Warum ich so viel Geld für ein paar Schuhe ausgeben sollte, die ich nach der Wanderung sowieso in die Tonne werfen kann, wurde mir jetzt klar, aber vielleicht hätte ich sie auch richtig einlaufen und nicht erst im Hotel das Etikett abnehmen sollen. Nein, jetzt gibt es kein Zurück. Auch nicht mit unbequemen Schuhen. Ich studiere erneut die Wanderkarte. Etwas mehr als eine Stunde noch. *Vergiss nicht, warum du hier bist, Alex. Konzentriere dich wieder auf die Schritte, so wie es dir Thomas geraten hat.*

Selbst der Pfad ist eine Ansammlung von Geröll. Uneben, unberechenbar, erbarmungslos. Ein einziger Fehler kann aufgeschlagene Knie oder eine Verstauchung bedeuten. „Denk an etwas anderes. An etwas Schönes", rede ich mir gut zu. Ein Fuß nach dem anderen, immer weiter. Oder ich denke erst mal an gar nichts. Nicht an die Gefahren, nicht an die Schmerzen, nicht an Meike.

Vor allem nicht an Meike.

Stimmen reißen mich aus den Gedanken heraus. Tatsächlich. Das Ostende des Ladtojaure-Sees ist erreicht. Die Menschen stehen Schlange vor einem kleinen Imbiss, der Rentierburger vom Grill anbietet. Davon hatte ich gelesen, vom berüchtigten Burgergrill in der Wildnis. In meiner Vorstellung ähnelte diese Bruchbude allerdings eher einem Restaurant. Ein verlockender Duft steigt mir in die Nase. Ich suche mir einen abgelegenen Sitzplatz, stelle meine Ausrüstung ab und nehme einen Platz in der Reihe ein. Nur wenige haben nichts zu jammern. Die meisten klagen jetzt schon über Druckstellen, Fußblasen und überbelastete Knöchel. Jede Sekunde, in der wir stehen müssen, ist eine Sekunde zu viel für unsere geschundenen Füße.

Als ich endlich sitze und in den riesigen Burger reinbeiße, muss ich plötzlich an meine Begegnung mit dem Rentier denken. „Na super, ich hatte mich monatelang auf diese Delikatesse gefreut", klage ich und lege den Burger vorerst wieder auf den Pappteller.

Ein Blick in den grauen Himmel, und es wird mir bewusst, dass ich mich heute wirklich auf alles gefasst machen muss. Viel Zeit für eine Pause bleibt mir nicht, wenn ich mein Zelt vor dem ersten Regenguss aufstellen will. Ich überwinde mein schlechtes Gewissen und verschlinge den Burger nun doch in wenigen Bissen. In der Wildnis gibt es keinen Platz für Moral.

Nach diesem kurzen Halt geht es weiter durch das breite Trogtal Richtung Westen. Ein neuer Birkenwald wird bald von sumpfigen Stellen abgelöst, welche mit Holzbohlen belegt sind. Wird man dabei erwischt, wie man die geschützte Vegetation zertrampelt, kann es die Disqualifizierung bedeuten. Es fällt mir schwer, auf diesen Holzwegen das Gleichgewicht zu halten. Mit jedem Schritt schneiden sich die Riemen meines Rucksacks tiefer in meine Schultern.

Am Westende des Ladtojaure-Sees und nah an einem Wildwasserfluss muss ich wieder eine Pause einlegen, obwohl der Himmel teilweise schon schwarz erscheint. Etwa die Hälfte der heutigen Strecke ist geschafft; es liegen also noch etwas mehr als zehn Kilometer vor mir.

Das laute Rauschen in meinen Ohren kann unmöglich nur vom Wasserfluss kommen. Jemand muss die Signalflagge geschwenkt haben. Ein Hubschrauber, der einzige Farbpunkt in der Landschaft, erscheint immer größer und landet nur wenige Meter von mir entfernt. Laut, fordernd. Und hier, am Ende der Welt, wirkt er irgendwie fehl am Platz. Als ich die Landestelle erreiche, kümmern sich zwei Männer gerade um eine Frau. Einer zieht ihr vorsichtig Schuhe und Socken aus. Die Haut am Knöchel hat sich, wie ich sogar aus dieser Entfernung erkennen kann, vom Rest gelöst und hängt in Fetzen herunter. Mir wird schlecht, wenn ich daran denke, dass man beinahe schon den Knochen sehen kann. Dass die Frau dabei wie ein verängstigter Welpe wimmert, kann ich nachvollziehen. Wenn man schon am ersten von fünf Tagen so zugerichtet werden kann, wie werde ich selbst wohl am Ende aussehen? Für einen Augenblick überlege ich, ob ich auch aufgeben und einfach zurück zum Camp mitfliegen soll. Dann höre ich Meikes Stimme in meinem Kopf und verwerfe den Gedanken ziemlich schnell. Aber vielleicht ist das jetzt meine Chance, etwas Hilfe zu bekommen.

„Habt ihr Kerosin oder Flugbenzin für mich?", frage ich den Piloten. Er antwortete nicht, stattdessen hebt er den Arm hoch und zeigt auf ein paar Arbeiter, die gerade mit einem Quad angefahren kommen. Ich darf tatsächlich ein wenig Sprit haben. „Ein 1:25-Zweitaktgemisch", sagt einer der beiden. Keine Ahnung, was das für mich bedeuten soll. Hauptsache, ich kann meinen Kocher benutzen.

„Diesen Fehler machen viele Anfänger", versucht einer der Fahrer mich zu beruhigen. „Spiritus in den Benzinkocher zu tanken."

„Ja, den Fehler machen wohl viele Anfänger", wiederhole ich verlegen und fühle mich ertappt. Dass ich weder an Spiritus noch an Benzin gedacht hatte, ahnt der junge Mann zum Glück nicht. Einmal noch schaue ich zur wimmernden Frau herüber. Eine Gruppe junger Damen, vermutlich ihre Freundinnen, verabschiedet sich von ihr. Okay, für sie ist das Spiel wohl schon gelaufen. Und ich habe Angst, dass ich die Nächste sein könnte.

Die zwei Arbeiter entladen jetzt den Hubschrauber. Lebensmittel für die nicht weit gelegene Station. Ein gutes Zeichen. Die Frau humpelt, sich auf die Schultern des Piloten stützend, in die Maschine. Ihr Fuß ist provisorisch bandagiert.

Es knattert. Die Freundinnengruppe winkt ihr zu. Ich schaue dem blauen Hubschrauber hinterher. In wenigen Minuten werden sie dort landen, von wo ich vor mehreren Stunden gestartet bin. Die Gedanken fangen an, wie hungrige Geier um mein Gehirn zu kreisen. Wenn ich mich nicht beeile und bald zum Checkpoint komme, bin ich erledigt. Mein Magen fühlt sich an, als ob ich statt Fleisch einen Haufen Kieselsteine verschluckt hätte. Ist es die Aufregung? Die körperliche Anstrengung? Das Bier von gestern? Oder war es vielleicht doch der Anblick der offenen Wunde vorhin? Ich schaffe es gerade noch rechtzeitig, den Hüftgurt aufzumachen und den Rucksack fallen zu lassen, dann entleert sich mein Magen am Wegesrand. Als ob es hier in der Wildnis sonst nichts zu fressen gäbe, macht sich gleich ein Schwarm Vögel über das Erbrochene her.

„Wenn du das sehen könntest, Meike! Du würdest dich prächtig amüsieren!“, schreie ich in die Leere hinaus. Ich setze mich hin, entledige mich mühsam meiner Wanderschuhe und werfe sie, mit den Nerven nun vollkommen am Ende, ins Feld. Vorsichtig ziehe ich an den feuchten Socken, die an den Fersen durch das angetrocknete Blut kleben bleiben. Wie vermutet sind die teuren Blasenpflaster verrutscht und haben mehr Schaden angerichtet, als dass sie von Nutzen waren. Ich setze die Brille ab, um mir den Schweiß von der Stirn zu wischen. Jetzt, wo ich den Fehler gemacht habe, erneut stehen zu bleiben, kann es nicht mehr schaden, kurz die Augen zu schließen. Den Checkpoint werde ich sowieso nicht mehr vor Anbruch der Dunkelheit erreichen.

„Das sind Spornammer.“ Ich sperre die Augen auf, und mir bleibt das Herz kurz im Hals stecken. Direkt vor meinen nackten, malträtierten Füßen steht eine junge Frau in einer limettenfarbenen Jacke und richtet ihre Profikamera auf mich.

„Wie bitte?“

„Spornammer. So heißen die Vögel, die gerade von deiner Kotze essen“, sagt sie auf Deutsch mit einem deutlich schwedischen Akzent. Ich frage mich, ob hier eigentlich nur Verrückte unterwegs sind.

„Darf ich kurz?“ Sie richtet die Kamera auf die Landschaft hinter mir und drückt auf den Auslöser. Die Geräusche erinnern an ein Maschinengewehr.

Die unbekannte Fotografin, die mich heute Morgen angerempelt hat, lässt die Ausrüstung auf den Boden gleiten und setzt sich nun hin neben dem schluchzenden Häufchen Elend, das ich jetzt bin, aber ohne ihre Kamera abzulegen. Ich wische mir Tränen und Schweiß am Ärmel ab, sehr darum bemüht, weitere Gefühlsausbrüche zu unterdrücken. Die silberne Rotzspur wäre mir in einer anderen Situation peinlich, gerade ist mir aber alles egal.

„Das hättest du besser nicht tun sollen." Die Schwedin weist mit einer leichten Kopfbewegung auf meine ramponierten Füße hin, die noch dazu mit dunklen Baumwollfusseln übersät sind.

„Was … was hätte ich nicht tun sollen?", frage ich etwas verunsichert nach.

„Jedes Kind weiß, dass man die Schuhe nicht ausziehen sollte. Deine Füße sind bei diesen Temperaturen und unter der Anstrengung so angeschwollen, dass du sie so schnell nicht wieder in die Schuhe bekommen wirst." *Wer ist denn diese Klugscheißerin?* Als die Fremde nachfragt, wo die Fußbekleidung geblieben ist, strecke ich den Arm aus und zeige, ohne den Blick vom Boden abzuwenden, auf eine Ecke irgendwo im hohen Gras.

„Ich verstehe." Die Unbekannte presst die Lippen zusammen und prustet plötzlich los. Selbst ich muss innerlich zugeben, dass die Situation eine gewisse Komik aufweist.

„Hör zu, du kannst hier weiter herumschmollen und dich weigern, dich vernünftig mit mir zu unterhalten. Dann packe ich meinen Rucksack und gehe. Oder du verrätst mir endlich, wie du heißt, und nimmst meine Hilfe an."

„Alexandra. Alexandra Roth."

„Deutsche?"

„Ja. Aus Berlin. Du?"

„Ich nicht."

„Sehr witzig. Bist du Schwedin?"

„Ja. Warst du schon mal in Göteborg?"

Ich schüttle den Kopf. „Woher wusstest du, dass ich deutsch spreche?"

„Ich hab dich vorhin brüllen hören." Ich spüre, wie ich erröte.

„Und warum sprichst du selbst so gut deutsch?"

„Sagen wir mal, jeder Mensch trägt seinen Geschichtenrucksack mit sich rum. Ich bin übrigens Emma. Emma Holmqvist." Ihr fester Händedruck schmerzt, als mein Ehering auf Haut und Fingerknochen drückt.

„Also, Alex, ich darf doch Alex sagen, oder? Wir schaffen es jetzt gemeinsam bis zum Checkpoint, bevor es richtig zu regnen anfängt. Schau, es nieselt schon." Sie richtet sich so rasch auf, dass ich mich frage, ob sie die ganze Strecke bis hierhin tatsächlich zu Fuß gegangen ist.

Viele Menschen sehen in Sportklamotten albern aus, aber Emma nicht. Sie lässt mich an die Schwedinnen in meiner Vorstellung denken: groß, schlank und mit mittellangen blonden Haaren, die Emma zu einem einfachen Pferdeschwanz zusammengebunden hat. Ein langer schräger Pony verdeckt ihre eisblauen, ungeschminkten Augen.

„Bleib noch einen Moment sitzen, ich hole deine Sachen."

„Machst du das beruflich?", frage ich sie, als sie mir die Schuhe reicht.

„Fotografieren? Ja. Aber diese Fotos hier sind privat. Ich weiß noch nicht, was ich damit machen werde." Emma packt die Kameraausrüstung wieder ein.

„Ich weiß, dass es etwas doof klingt, aber willst du mit mir gehen?"

Ich muss schmunzeln. Und sehe wahrscheinlich aus wie ein schwedischer Flusskrebs. „In Ordnung. Aber nur, wenn du mich nicht vollquatschst."

„Schätzchen, wer alleine hierhin findet, braucht oft entweder ein gutes Gespräch oder einen guten Psychiater."

Ich ziehe mir die mittlerweile trocken gewordenen Socken wieder an und lasse mir, nachdem ich mich mit einem schmerzverzerrten Gesicht mühsam wieder in die Schuhe gepresst habe, von Emma hochhelfen.

Obwohl ich ursprünglich geplant hatte, mich im Angesicht des außergewöhnlichen Panoramas ein wenig in Selbstmitleid zu suhlen, bin ich nun doch erleichtert, eine Weggefährtin gefunden zu haben.

Emma macht einen sehr sportlichen Eindruck. Sie legt hie und da kurze Pausen ein, um ein paar Bilder zu schießen, schafft es aber mit erstaunlicher Leichtigkeit, mich wieder einzuholen. Irgendwann packt sie die Kamera ganz weg. Das schlechte Wetter lässt die Berglandschaft nicht mehr ganz so freundlich erscheinen. Noch reicht die Regenkleidung, um uns vor dem leichten Nieselregen und der aufgekommenen Kälte zu schützen. Auch die Rucksäcke haben wir mittlerweile in gelbe Regenhüllen gepackt.

Während ich mich stark auf das Ein- und Ausatmen konzentrieren muss, um nicht gleich umzufallen und mir womöglich eine Kniescheibe zu zertrümmern, plaudert Emma, als ob wir gerade ein gemütliches Kaffeekränzchen halten würden. Spätestens, als wir das Becken des Ladtojaure-Sees definitiv hinter uns haben und der Anstieg Richtung Bergstation Kebnekaise beginnt, wird unsere Unterhaltung zu einem Selbstgespräch. Wir überqueren unzählige Bäche; die Wege werden enger. Ich versuche, mir die schlechte Laune nicht anmerken zu lassen. Je größer die Anstrengung, umso wichtiger die Konzentration. Ich bemühe mich, weiter auf jeden meiner Schritte zu achten, und versinke allmählich in einen meditativen Zustand.

„Schau, die ersten Zelte“, versucht Emma mich aufzumuntern. „Es ist nicht mehr weit.“

„Können wir nicht auch hier unser Zelt aufbauen?“

„Hast du keinen Ehrgeiz? Komm, es ist noch ein Kilometer bis zur Station.“

Um 17:10 Uhr, etwas mehr als sieben Stunden nach dem Startschuss in Nikkaluokta, holen wir uns den ersten Stempel für den Wanderpass im Zelt des Veranstalters. Ich kann nicht fassen, dass mich so ein doofer Eintrag so glücklich macht. Jetzt regnet es in Güssen, und wir sitzen bei einer Tasse Kaffee im Gastraum. Ich lasse den ersten Tag der Wanderung rückblickend an meinem inneren Auge vorbeiziehen und verspüre so etwas wie Stolz. Ich bin froh, nicht gleich am ersten Tag aufgegeben zu haben, auch wenn mir alles schmerzt und ich beim besten Willen nicht weiß, wie ich die nächsten Tage durchstehen soll.

„So, auf geht's!“ Emma springt von ihrem Platz hoch wie eine Feder.

„Wir sind doch gerade erst angekommen“, protestiere ich.

„Das ist jetzt auch schon bald eine Stunde her. Wir müssen noch einen geeigneten Platz zum Übernachten finden und die Zelte aufbauen.“

Emma ist zwar anstrengend, aber wenn sie mir nicht ständig sagen würde, wann ich was machen muss und worauf ich auch sonst zu achten habe, würde ich vermutlich immer noch auf einem Schotterweg sitzen und weinen.

Wir haben Glück, denn es hat aufgehört zu regnen. Emma zwingt mich, noch etwa zwei Kilometer hinter die Bergstation zu wandern. Die Feuchtigkeit lässt das Tal in satten Grüntönen schimmern, und wir suchen uns einen ruhigen Lagerplatz in der Nähe einer Wasserquelle. Ich überlasse der routinierten Emma den Zeltaufbau und hole uns währenddessen Kochwasser für das Abendessen. Alleine wäre ich zu faul zum Kochen gewesen und hätte mir einfach einen Proteinriegel in den Mund geschoben, aber wenn Emma schon so nett ist, mich zu begleiten, darf es auch die gute gefriergetrocknete Mahlzeit aus der Tüte sein.

„Du hast dir aber Mühe gegeben", veräppelt sie mich.

„Tut mir leid, aber das Rinderfilet mit Kartoffel-Meerrettich-Püree, Kräuter-Gremolata und Rotweinjus war aus."

Kapitel 4

Kebnekaise-Singistugan (15 km)

Als ich auf die Uhr schaue, ist es kurz nach fünf. Ich höre auch schon, wie Emma sich in ihrem Zelt anzieht.

Wenig später sitzen wir beim Frühstück. Ich fühle mich wie Kunstrasen. In der Nacht hat es immer wieder geregnet, und ich bilde mir ein, ab und an mal ein Tier gehört zu haben. Emma ist offensichtlich kein Morgenmensch, denn abgesehen von ein paar Anweisungen bauen wir das Lager wortlos ab.

„Von hier aus sind es etwa fünfzehn Kilometer bis Singistugan, unserer zweiten Etappe."

„Sag mir das bitte nicht immer, ich habe das Gefühl, ich schaffe heute keinen Meter."

„Doch, doch. Los jetzt."

Wir wandern im Nebel entlang der Südhänge des Kebnekaise-Massivs. Nach und nach kämpft sich die Sonne ihren Weg durch die tiefliegende Wolkendecke. Es mag sein, dass es an der Müdigkeit liegt, aber der Weg nach Singi kommt mir ziemlich unspektakulär vor. Wir überqueren einen tosenden Bach auf einer Stahlbrücke, die ähnlich gebaut ist wie die vom Vortag, und steigen ab und an einen Felsriegel hoch.

„Hast du deinen Mann zu Hause gelassen?", bricht Emma auf einmal das Schweigen.

„Du meinst meine Frau?“ Ein Coming-out mitten in der Einöde.

„Oder deine Frau“, korrigiert Emma sich, gibt sich aber wenig überrascht.

„Und woher willst du wissen, dass ich verheiratet bin?“, frage ich nach.

„Ich habe den Partner-Ring gesehen.“

„Beeindruckend, wie aufmerksam du bist.“

„Das haben Fotografen so an sich. Also?“

„Meine Frau konnte nicht mitkommen.“

„Konnte sie nicht, oder *wollte* sie nicht?“

„Du bist ganz schön neugierig, Emma.“ Wir bleiben beide einen Moment stehen. Ich schaue in Emmas eisblaue Augen, bis sie hinter einer Tränenwand verschwinden. Ich hole tief Luft, und dann fange ich auf einmal an, die Geschichte meiner Liebe zu erzählen.

Kapitel 5

Die Art und Weise, wie wir uns kennenlernten, wünsche ich meinem schlimmsten Feind nicht, auch wenn ich rückblickend zugeben muss, dass sie doch ganz witzig war. Anlässlich einer internationalen Tattoo-Convention hielt ich mich zum ersten Mal in Zürich auf. Nach dem dritten Tag in den überfüllten, fensterlosen Räumlichkeiten des Veranstalters war mir nach ein wenig frischer Luft; ein Kunde legte mir die nahe gelegene Stadtgärtnerei ans Herz.

Nach einem kleinen Spaziergang auf der Außenanlage landete ich im Palmenhaus. Der Riesentukan, die winzigen Zebrafinken und die ruhelosen madagassischen Perlwachteln waren mir eine willkommene Abwechslung. Ich war auf Anhieb begeistert von den komisch aussehenden Stelzenläufern, hatte allerdings Mitleid mit einem der Vögel, welcher nur ein Bein zu haben schien. Während die anderen munter durch das Palmenhaus spazierten, blieb der Pechvogel auf demselben Fleck Erde stehen, auf dem ich ihn angetroffen hatte.

„Was ist mit dir, kleiner Freund?“, fragte ich in ruhigem Ton und ging auf die Knie, um nicht bedrohlich zu wirken. Völlig unbeeindruckt blieb der einbeinige Stelzenläufer an Ort und Stelle stehen. Ich war mir sicher, ich hätte ihn berühren können, da ich aber die Vermutung hatte, dass das Anfassen der Tiere nicht gern gesehen war, begnügte ich mich weiter mit einem kleinen Monolog und fragendem Blick.

Als ich das Handy in meiner Jackentasche vibrieren spürte, wusste ich, dass mir nicht mehr viel Zeit zum Entspannen blieb. Meine Kollegen waren bestimmt schon dabei, unseren Stand abzubauen, das Equipment in den Wagen zu laden und fragten sich mit Sicherheit, wo ich steckte. Ein Blick auf das Display und meine kurzfristigen Feriengefühle waren bereits verschwunden – genauso wie der einbeinige Stelzenläufer, der, wie sich herausstellte, das zweite Bein lediglich ins Gefieder gezogen hatte.

Einen Augenblick noch genoss ich die Wärme, das Plätschern des kleinen Wasserfalls, den Duft feuchter Erde. Während ich auf einer Aussichtsplattform den Blick schweifen ließ, entdeckte ich plötzlich zwischen Kaffeesträuchern und Papayabäumen eine rothaarige Frau, die, von mir beim Anstarren ertappt, sofort hinter einem Palmenstamm verschwand. Ich dachte mir nicht viel dabei und beendete in Ruhe meinen Rundgang.

Am Hallenausgang jagten sich Kinder gegenseitig um das Wasserbecken, das die Mitte des Vorraumes bildete. Das Palmenhaus war relativ gut besucht, was mich nicht überraschte, da der Eintritt kostenlos war.

Ich beugte mich über den Beckenrand und beobachtete Koi-Karpfen und Wasserschildkröten, wie sie sich mir neugierig näherten.

„Entschuldigen Sie, bitte."

„Ja?" Ich schaute irritiert zu dem Mann hoch, der mich soeben an der Schulter angetippt hatte.

„Chömet Sie bitte churz mit", forderte er mich auf Schweizerdeutsch auf. Es war keine Frage, sondern ein Befehl.

Mit verschränkten Armen wartete eine zweite Wächterin vor einer Tür am anderen Ende des Beckens.

„Wohin soll ich denn bitte mitkommen?"

„Nur kurz ins Nebenrümli. Ich erkläre Ihnen gli alles." Jetzt hatte er auf Hochdeutsch gewechselt – oder etwas ähnlich Klingendes. Das wusste man bei Schweizern nie so genau. Die Blicke neugieriger Besucher hafteten schon an mir, und ich spürte, wie ich rot anlief. Da es die zwei vom Aufsichtspersonal ganz offensichtlich ernst meinten und ich keine andere Wahl zu haben schien, ließ ich mich in eine Art Lagerraum führen.

„Machen Sie bitte die Jacke auf."

„Sind Sie verrückt?"

„Jemand will beobachtet haben, wie Sie einen unserer Stelzenläufer geklaut haben." Ich musste sofort an die Rothaarige denken, die so schnell weggehuscht war.

„Sie glauben ernsthaft, ich habe einen Ihrer Vögel eingesteckt? Ich denke, Sie haben einen Vogel!", sagte ich leicht hysterisch. Die Situation war einfach zu absurd.

„Werden Sie jetzt bitte nicht beleidigend, junge Dame."

„Können wir das bitte rasch hinter uns bringen? Hier, sehen Sie? Kein Vogel." Ich zog die Jacke aus und überreichte sie ihm. Daraufhin unterzog ich mich einer Leibesvisitation.

„Sie hat nichts dabei."

„Das habe ich Ihnen doch von Anfang an gesagt", erwiderte ich genervt. „Darf ich jetzt gehen?"

In dem Augenblick betrat ein Dritter den Lagerraum. „Ich habe nachgezählt, sie sind alle da."

„Sie dürfen gehen", sagte die Wärterin. „Entschuldigen Sie bitte die Umstände."

„Die *Umstände?*", wiederholte ich genervt und packte meine Sachen.

Kaum hatte ich das Palmenhaus verlassen, vibrierte auch wieder das Handy. Drei verpasste Anrufe, vier ungelesene Nachrichten.

„Du wirst nicht glauben, was mir passiert ist", grölte ich in den Hörer, als Nadia, unsere Praktikantin, nach nicht mal einem Klingelton das Telefon abnahm. Die Episode war so surreal, dass ich sie nun, jetzt, wo alles geklärt war, ziemlich witzig fand.

„Deine Geschichte kannst du uns später auf der Rückfahrt erzählen. Die anderen sind schon total verärgert. Manu hat schon vorgeschlagen, ohne dich zu fahren. Wo steckst du überhaupt?"

Ich schaute mich um und suchte nach einem Schild.

„Ich bin am Albisriederplatz", gab ich Auskunft. „Ich steige gleich in die Tram und sollte in etwa zwanzig Minuten …" Auf einmal blieben mir die Worte im Hals stecken. „… bei euch sein." Die rothaarige Denunziantin aus der Stadtgärtnerei stand wenige Meter von mir entfernt.

Ein Klackton. „Befördere deinen Arsch sofort hierher!", brüllte mir Manu ins Ohr.

„Bis gleich", brachte ich knapp heraus und legte auf. Ich glaubte meinen Augen nicht. Die Unbekannte war gerade dabei, in die nächste Tram einzusteigen. Ich hatte keinen Zweifel daran, dass sie mich erkannt hatte und dabei so tat, als wäre sie sich keiner Schuld bewusst. *Dir zeige ich es, du Luder.*

Wie erhofft war der Sitzplatz hinter ihr frei. Ich beugte mich vor und konnte beinahe ihr rotes Haar an meiner Wange spüren.

„Na, hat es Ihnen Spaß gemacht?"

„Kennen wir uns?" Sie drehte sich nicht einmal um, diese arrogante Schnepfe.

„Und wie wir uns kennen. Sie haben in der Stadtgärtnerei das Sicherheitspersonal auf mich gehetzt."

„Ich glaube, Sie täuschen sich", erwiderte sie trocken.

„Wenn Sie schon nicht den Mut haben, es zuzugeben, dann können Sie mir wenigstens in die Augen schauen, während Sie mich anlügen", forderte ich sie auf.

Als sie sich tatsächlich umdrehte und mich ansah, wusste ich: Diesen grünen Augen würde ich zukünftig alles glauben wollen.

Kapitel 6

Die Rückfahrt nach Berlin kostete mich hundertachtzig Franken und zwölf Stunden Fahrt im Nachtzug. Der schnarchende, breitbeinig schlafende Student neben mir und die überforderten Eltern mit ihren brüllenden, hässlichen Zwillingen waren leicht auszublenden. Auch Manus amüsierte, anzügliche SMS-Nachrichten las ich nicht mehr. Ich war erleichtert, dass mir das Team keinen Vorwurf machte und sich auf ein paar alberne Bemerkungen beschränkte, aber die Geschichte würde so schnell niemand vergessen. Die belustigten Kommentare und vielleicht die eine oder andere Zusatzarbeit im Studio waren ein Preis, den ich für den Abend in Zürich gerne bezahlte.

„Meike", hatte mir die unbekannte Rothaarige auf meine Frage nach ihrem Namen geantwortet, während sie uns gerade eine Orange schälte und dabei die Schalen auf meinen nackten, weichen Bauch legte. Ihr Schlafzimmer wirkte durch die warme Einrichtung selbst wie das Innere einer Orange, die uns und den Kern unserer Bindung, welche in diesem Augenblick im Entstehen war, schützend umhüllte. Meike hatte die Strenge und Härte, die sie zuvor im Palmenhaus ausgestrahlt hatte, abgelegt wie ein Kleid, das nun unbeachtet neben uns auf dem Fußboden lag. Es war mir unerklärlich, wie zwei Menschen, die sich zuvor so feindlich begegnet waren, plötzlich so voneinander angezogen sein konnten.

Zum ersten Mal in meinem Leben ließ ich mich von einer Frau füttern, noch dazu von einer Fremden, und die Art, wie Meike die bittere, weiße Haut von den Schnitzen entfernte und mir diese anschließend zum halboffenen Mund führte, fühlte sich natürlich an, genauso wie es sich davor natürlich angefühlt hatte, herausfordernd in ihre Augen zu starren, bis sie mir völlig unerwartet einen flüchtigen Kuss auf die Lippen gedrückt hatte. Mit ihr aus der Tram zu steigen, ihr wortlos durch die Straßen und bis zur Haustür zu folgen, erregt zu warten, während sie den Schlüssel ins Schlüsselloch steckte und die Türklinke herunterdrückte. Die Wohnung zu betreten, indem ich meinen zitternden Körper von hinten an den ihren drückte und meine Hand unter ihren Rock und zwischen ihre Beine gleiten ließ. Und nun auf ihrem Bettlaken zu liegen, ihr die Brille zu reichen und den Rücken zu streicheln.

„Meike“, wiederholte eine Stimme in meinen Gedanken ihren Namen, und es war, als ob sie persönlich in meinem Kopf sitzen und ihn mir zuflüstern würde. *Meike …* Jeder Baum, jeder Mast und jeder Lichtpunkt, die an mir vorbeizogen, hatten auf einmal etwas so kitschig Romantisches, dass ich über mich selbst schmunzeln musste.

Dass wir uns wiedersehen würden, dessen war ich mir sicher, auch wenn es ein unausgesprochener Wunsch zwischen uns war. Wann wir uns sehen würden, war die durchaus kompliziertere Frage. Das Berliner Tattoo-Studio *Ars Longa* gehörte mir zur Hälfte, und die Wartezeit, um von mir oder Manu ein Watercolour- oder Trash-Polka-Tattoo zu bekommen, betrug mittlerweile mehrere Monate. An eine Auszeit von auch nur ein paar Tagen war nicht zu denken.

Und Meike? Ich hatte keine Ahnung, was sie beruflich machte, aber ich war mir sicher, dass auch sie ein geregeltes Leben hatte mit Terminen und Verpflichtungen. Ich wusste nichts über sie, außer dass sie in der Lage war, mir unglaublich intensive Höhepunkte zu schenken, in einer kleinen Altbauwohnung in der Stadt wohnte und einen Kater namens Tao Tao besaß, der mich offensichtlich mochte, obwohl ich seine Zuneigung vorerst nicht erwiderte.

„Für Katzen ist es ein sehr höfliches Verhalten, wenn Menschen sie ignorieren. Deshalb mögen sie insbesondere diejenigen, die ihnen aus dem Weg gehen", hatte mir Meike beim unverkrampften Abschied erklärt. Ein letzter, inniger Kuss.

„Hast du wirklich geglaubt, dass ich einen Vogel habe mitgehen lassen?"

„Das wird wohl mein kleines Geheimnis bleiben", antwortete sie mit einem Augenzwinkern.

Dann verließ ich die Wohnung, fest entschlossen, ohne Umwege meine Sachen vom Hotel zu holen und zum Treffpunkt zu fahren. Meine Zimmergenossin Nadia hatte mein Gepäck netterweise für mich eingesammelt und an der Rezeption hinterlegt. Neunzehn Uhr am Hauptbahnhof, meine letzte Gelegenheit, mit den anderen mitzufahren. Eine knappe halbe Stunde hatte ich noch. Doch anstatt die Haustür hinter mir zufallen zu lassen, trieb mich etwas wieder hoch in den vierten Stock. Ich war nicht erstaunt darüber, dass Meike immer noch an der Türschwelle stand, und genauso wenig überraschte es mich, dass wir es diesmal nur bis zum Flur schafften.

Kapitel 7

„Ich bin zu alt für What's Up."

„Whats*App.*"

„Siehst du? Was sage ich?"

„Du bist achtunddreißig, stell dich nicht so an."

„Also gut, du Sturkopf. Was muss ich machen?"

Schritt für Schritt erklärte ich Meike das Einrichten der Applikation und versuchte dabei, mir das Lachen zu verkneifen.

„Ich kann dich sehen, junge Dame."

„Konzentriere dich. Wenn du das hier nicht ernst nimmst, ist es mir ein Leichtes, die Skype-Verbindung zu kappen."

„Erpresserin", zischte sie, und ich schickte ihr einen Luftkuss.

Seit unserer ersten Begegnung hatten wir die sozialen Medien für uns neu entdeckt. Facebook, Skype und nun auch WhatsApp waren seit ein paar Wochen ein Kompromiss, um die Zeit bis zu unserem nächsten Treffen zu überbrücken.

„Ich glaube, es hat geklappt."

„Dann schick mir mal eine Nachricht."

Prompt ploppte ein Smiley, das die Augen verdrehte, auf meinem Handydisplay auf.

„Du lernst ja schnell. Ich bin beeindruckt."

„Mach dich nicht lächerlich."

„Ich meine es ernst." Mein Smartphone vibrierte ein zweites Mal.

„Was ist das?“, fragte ich neugierig.

„Bilder von meiner letzten Wanderung im Engadin.“

„Bist du eine von *denen*?“

„Du meinst, eine dieser Schweizerinnen, die sich am Wochenende gerne Sonnenbrände auf der Nase und Fußblasen holen? Dann ja, ich bin eine von denen.“

„Ich verstehe nicht, was am Wandern so spannend sein soll. Hast du schon ein neues Ziel?“

„Die Wanderrouten in der Schweiz kenne ich mittlerweile auswendig. Ich brauche eine neue Herausforderung!“

„Du meinst den Mount Everest?“

„So ambitioniert bin ich nicht. Mich würde allerdings der Norden reizen. Kennst du den Königsweg?“

Ich überlegte nicht lange: „Nein.“

„Du Banause.“

„Wir könnten unterschiedlicher nicht sein“, seufzte ich. „Mich kriegen keine zehn Pferde auf einen Berg. Ich bin definitiv ein Stadtmensch.“

„Dann bleib du doch in deiner geliebten Stadt.“

„He, sei nicht so patzig.“ Ich mochte Meikes bissigen Ton, aber manchmal überspannte sie den Bogen.

„Bleib du doch in deiner Stadt“, wiederholte sie. „Dann komme ich halt zu dir.“

„Kannst du das bitte wiederholen?“

Ein flüchtiges Augenzwinkern. „Du hast mich schon verstanden.“

„Wann?“ Ich fasste es immer noch nicht.

„In knapp zwei Wochen. Die Swiss hatte kurzfristig eine Sonderaktion. Da musste ich zuschlagen.“

„Ich kann mir aber nicht freinehmen“, stellte ich etwas enttäuscht fest.

„Macht nichts. Ich werde einfach so tun, als wäre ich eine unentschlossene, nervige Kundin, und werde mir den ganzen Tag die Motive in den Zeitschriften anschauen und warten, bis du Feierabend hast."

„Oder wir verpassen dir einfach ein Cutting."

„In Ordnung, machen wir. Was ist das eigentlich?"

„Dafür ist Coralie zuständig. Sie wird dir ein paar Ziernarben in die Haut schneiden."

Meike atmete tief ein. „Solange ich bei dir sein kann."

„Du kannst auch so bei mir sein, ganz ohne Cutting."

„Ja. Ich denke, das wäre mir lieber … Alex!"

„Ja? Waf iff denn?"

„Du stopfst dir jetzt aber nicht gerade Chips in den Mund, während wir skypen?"

„If hab Hunger!", rechtfertigte ich mich.

„Alex, erstens ist es unhöflich, sich mit vollem Mund zu unterhalten, und zweitens sind Chips gar nicht gut für die Gesundheit."

„Macht nichts. Irgendwann müssen wir alle sterben. Dann ist es mir lieber, ich sterbe an etwas Schmackhaftem."

„Mir reicht es." Auf einmal hörte ich nur noch mein eigenes Schmatzen.

„Was ist denn los? Es sind nur Chips!"

„Das meine ich gar nicht, Alex. Ich bin hier, du dort, und ich kann dir nicht einmal die Krümel vom Mundwinkel wegküssen, wenn mir danach ist. Wir sehen uns zwar regelmäßig über Skype, aber auf die Dauer kann das so nicht weitergehen." Meine gute Laune hatte sich auf einmal in irgendeine Sofaritze verkrochen. Ich hatte Angst vor den Worten, die noch unausgesprochen lauerten, stellte die Frage aber trotzdem.

„Und was hast du jetzt vor?" Als Antwort kam nur ein leises Seufzen zurück.

„Meike, wenn du etwas sagen willst, dann sag es."

„Ich muss gleich los, die Arbeitsroute ist heute etwas anspruchsvoll. Mein Tag ist voll mit Terminen außerhalb des Stadtkerns, und Tao Tao muss ich auch zum Impfen in die Tierpraxis fahren." Sie fing an, die Papiere auf ihrem Schreibtisch zu sortieren.

„Meike, bitte, geh nicht. Wir müssen reden." Und dann hörte ich auf einmal meine Stimme, losgelöst von mir, als gehörte sie einer Fremden, und ich hörte mich etwas sagen, was mein Leben auf einen Schlag verändern sollte.

Kapitel 8

Es folgte die turbulenteste, aber auch glücklichste Zeit meines Lebens. Die Entscheidung, nur nach wenigen Wochen Fernbeziehung nach Zürich zu ziehen, kostete uns viele Nerven, Kraft, Tränen und schätzungsweise vierzig Umzugskisten. Als ich Meike den „Willst-du-mit-mir-zusammenziehen?"-Antrag über Skype machte, sah sie mich erst an, als ob ich einer Anstalt entkommen und mit einer Doppelaxt auf sie losgegangen wäre. Wie sich später herausstellte, war Meike genauso verrückt wie ich. Allerdings hätte sie es im Gegensatz zu mir nie übers Herz gebracht, das Thema Auswanderung anzusprechen. Dass ich diejenige war, die umzieht, und zwar nach Zürich, einer Stadt, die ich im Vergleich zu Berlin genauso spannend fand wie kalte Brokkolisuppe, war nachvollzichbar. Ich war jünger, ungebundener und flexibler. Meike hatte sich mühsam über Jahre einen großen Kundenkreis aufgebaut und ihren persönlichen One-Woman-Dienst gegründet. Sie kümmerte sich liebevoll um Kleintiere wie Hunde und Katzen, während Frauchen oder Herrchen auf Reisen waren. Das Besondere an Meikes Dienstleistung war, dass sie nicht eine klassische Tierpension führte, sondern die Tiere zu Hause besuchte, um sie nicht aus der gewohnten Umgebung zu entreißen und sie damit unnötig unter Stress zu setzen. Neben der Tierbetreuung erledigte Meike gegen einen kleinen Aufpreis auch Dinge wie das Leeren des Briefkastens und Gartenarbeiten. Eine befreundete Grafikdesignerin hatte ihr ein Logo entworfen, Meike besaß eine eigene Website und einen froschgrünen Ford Focus mit der unübersehbaren Aufschrift „Sweet Home Petsitting“ an beiden Seiten. Seit wenigen Jahren war die Kundschaft so gewachsen, dass Meike gut davon leben konnte.

Insbesondere die älteren Generationen nahmen Meikes Dienstleistungen gerne in Anspruch. Für sie bot Meike das 24-Stunden-Tiertaxi an und fuhr deren Lieblinge zum Tierarzt.

„Du darfst den vielen Omas und Opas nicht das Herz brechen. Was würden die denn nur ohne dich tun?“, argumentierte ich, wenn Meike, zwischendurch von Gewissensbissen geplagt, ernsthaft in Erwägung zog, Berlin als ihre neue Heimat in Betracht zu ziehen.

Wir entsprachen voll und ganz dem Klischee lesbischer Frauen, die wenige Wochen nach dem Kennenlernen schon den Umzugswagen vor der Haustür der Partnerin parken. Ich gebe zu, es fiel mir schwer, das Team zu verlassen. Schließlich hatte ich mir mit meinem besten Kumpel Manu den Traum eines eigenen Tattoo-Studios erfüllt. Wir waren trendy, wir waren erfolgreich, und wir waren unsere eigenen Vorgesetzten. Nadia durfte nach ihrem Praktikum bleiben, und ich war mir sicher, dass sie mich anständig vertreten würde. Als Abschiedsgeschenk bekam ich von Manu einen wasserfesten Zürich-Stadtplan und von allen anderen einen riesigen Stoffvogel – ein ironischer Hinweis auf den außergewöhnlichen Beginn meiner Liebesgeschichte.

Solange ich nicht wusste, wie es zwischen mir und Meike laufen würde, wollte ich nicht erneut den Weg der Selbstständigkeit gehen. Es war trotz bürokratischer Hürden nicht schwierig, einen neuen Job in Zürich zu finden. Es klappte gleich mit der ersten Bewerbung für ein Tattoo-Studio an der Langstraße, als ob es selbstverständlich so sein müsste, dass ich in die Schweiz zog und mein altes Leben in Berlin zurückließ. Auf alles war ich gefasst, aber nicht darauf, dass ich schnell niemanden mehr vermissen, niemanden außer Meike brauchen würde – diese Frau, die ich kaum kannte und die für mich mit ihrer liebenswürdigen Art zum wichtigsten Menschen in meinem Leben geworden war.

Studiobesitzer John war ein liebenswerter Choleriker und in der Lage, bis zur Heiserkeit zu brüllen, wenn er es als unumgänglich erachtete. Sprich, eigentlich immer. In unserem Metier waren Ordnung und Hygiene wichtig. John verlor die Fassung aber bereits, wenn die angebrochene Packung mit den Einweghandschuhen nicht am üblichen Platz war oder die Flasche mit dem Desinfektionsspray kurzfristig ohne Deckel herumstand. Für alle gut sichtbar hingen an der Wand ein von Hand gezeichneter Plan und Fotos vom Equipment. Eine Art Anweisung, an die wir uns strikt zu halten hatten. John war ein Befehlshaber, aber kein Despot. Außerhalb des *Kinky Ink* war er wie ausgetauscht. Nahezu ein Lamm und, was die meisten überraschte, ein Chaot. Und auch wenn er es nicht gerne zugab, war er durchaus ein hoffnungsloser Romantiker, einer dieser Typen, die das Klischee „harte Schale, weicher Kern“ bedienen. Er, der als junger Mann in die Schweiz ausgewandert war, was mittlerweile ein paar Jahre her sein durfte, half mir wie selbstverständlich bei der Überwindung der letzten formalen Hürden und hatte sich sogar als freiwilliger Umzugshelfer gemeldet, um für Bier und Pizza die letzten Kisten aus Berlin in den vierten Stock meiner neuen Bleibe zu tragen. Dass er auch nach so vielen Jahren immer noch ein solches Kauderwelsch sprach, war mir lange unverständlich. Bis ich selbst nach und nach mitbekam, in was für einem Land ich lebte. Ein Land, das sich für ein Minarettverbot ausgesprochen und die Masseneinwanderungsinitiative angenommen hatte, welche die Zuwanderung von Ausländern in die Schweiz durch jährliche Kontingente begrenzen sollte.

„*They don't like us*", sagte John einmal. „Aber sie sind wenigstens höflich genug, um dir im täglichen Umgang nicht direkt ins Gesicht zu sagen, dass sie dich scheiße finden." John sprach nicht ihre Sprache, weil sie es auch gar nicht wollten. Hochsprache, das war was für die Schule, aber nicht im privaten Rahmen und schon gar nicht im Umgang mit Ausländern. Die Schweizer klammerten sich an ihrem Schweizerdeutsch fest und waren kein bisschen bereit, ihre privilegierte Position zu verlassen. „Sie sind da i de Schwiiz, ned mir im Usland." Aber als Fremder Schweizerdeutsch sprechen? Das ging auch nicht. „Machet Sie sich kei Müeh. Es tönt sowieso ned ehrlich."

„*I won't kiss their asses*", sagte John genervt. Und hielt sich daran, indem er sich zumindest sprachlich abgrenzte. Schlechte Integration war seine Art, gegen die Xenophobie zu rebellieren. Was ihn aber genau in die Schweiz gebracht hatte, darüber sprach er nicht.

Meike mochte John erst nicht besonders. Das hatte aber nichts mit seiner Herkunft zu tun. Sie fand ihn ruppig, launisch und unausgeglichen, duldete allerdings souverän seine Anwesenheit, wenn er manchmal nach Feierabend auf unserer Couch herumgammelte, und verhielt sich dabei wie eine Vorzeigegastgeberin. Bis sie sich dann doch an ihn gewöhnte. Als er sich das erste Mal selbst aus dem Kühlschrank bedienen durfte, wussten wir alle, dass Meike damit so etwas wie ihren Segen für diese Freundschaft gegeben hatte.

John und ich sprachen nicht viel miteinander. Wir verstanden uns; das reichte beiden. Nachdem ich den Kampf um die Installation meiner drei Spielkonsolen gegen Meike gewonnen hatte, verbrachten wir die Zeit meistens auf dem Wohnzimmerboden mit Zocken. Er wusste meine Original-NES-Konsole aus dem Jahre 1989 zu schätzen und ersteigerte uns irgendwann die alten Klassiker wie *Kid Ikarus* und *Metroid* auf eBay. Unsere Gespräche beschränkten sich auf das Niedermachen des Spielgegners, die Lobpreisung der Snacks, die wir verputzten, und ein paar Grunzlaute, wenn einer den Highscore geknackt hatte.

Dass wir uns relativ schnell angefreundet hatten, half mir, mich rasch in meiner neuen Heimat einzuleben, denn es war nicht leicht, in der Schweiz Kontakte zu knüpfen. Die Leute fingen hier nicht selbstverständlich Gespräche mit Fremden an und schon gar nicht mit deutschen Fremden, die ihnen, wenn man den kostenlosen Tageszeitungen Glauben schenkte, die Studienplätze, die Jobs und sogar die Partner klauten. John war als Brite ganz anders sozialisiert und kannte mittlerweile die halbe Stadt. Schnell hatte er mich in seinen Bekannten- und Freundeskreis integriert. Meine Zeit verbrachte ich allerdings lieber mit ihm alleine. Nicht etwa, weil ich keine Gesellschaft mochte, sondern weil mir, die ich im Studio viel mit Kunden reden musste, die Stille in Johns Anwesenheit weder peinlich noch unangenehm, sondern sehr willkommen war.

Eines Abends jedoch geschah etwas Befremdliches und zugleich Vertrautes. Es war Samstag, und Meike hatte gerade die Wohnung verlassen, um den Kater von Frau Bernasconi einmal mehr notfallmäßig in die Tierklinik zu fahren. Frau Bernasconi war eine alte, ziemlich anspruchsvolle und fordernde Italienerin mit einer äußerst ausgeprägten Hypochondrie, ausgelöst durch den frühen und unerwarteten Tod ihres Mannes, welche sie ebenfalls auf ihr Haustier übertrug. Der Kater hatte bestimmt wieder nur einen Haarballen abgeworfen, und Meike war es trotz großer Bemühungen immer noch nicht gelungen, der alten Frau Bernasconi verständlich zu machen, dass deren Kater lediglich das tat, was Katzen nun mal ab und zu tun müssen: sich auf Tagesdecken, Computertastaturen und in Schuhe übergeben.

„Es wird vermutlich eine Weile dauern. Samstags ist der Wartesaal im Tierspital immer so proppenvoll“, seufzte sie genervt, während sie sich den Trenchcoat zuknöpfte. „Und ihr macht diesmal bitte keinen Mist, während ich weg bin.“ Dann fiel die Tür zu. *Und ihr macht diesmal bitte keinen Mist.* Das war vermutlich eine Anspielung auf den zerbrochenen Kronleuchter, der uns wenige Wochen davor ziemlich viel Ärger eingebrockt hatte. Ich hatte John nicht glauben wollen, dass Light-Cola und Pfefferminzbonbons zusammen eine explosive Mischung ergeben. Er selbst hatte es auch nur von einem Freund gehört, und so stand er eines Tages mit einer Zwei-Liter-Flasche und einer Packung Bonbons bei mir im Wohnzimmer.

„Das probieren wir jetzt aus“, sagte er, ohne eine Antwort abzuwarten. Kaum hatte John eine Handvoll Drops in die Flaschenöffnung gestopft, schoss schon eine Schaumfontäne in die Höhe. Erschrocken über die unerwartete chemische Reaktion stürzte ich mich auf die Flasche und hob sie auf. Beim Versuch, sie mir zu entreißen und mir damit eine Dusche zu verpassen, fiel sie uns auf das Parkett und schoss dann wie eine Rakete zur Decke und direkt in Meikes Kronleuchter, der den Aufprall leider nicht überstand.

Und als hätte Meike an jenem Abend nahezu eine Aufforderung zum Mistbauen ausgesprochen, brach John, kaum dass sie weg war, unser unausgesprochenes Gesetz.

„Noch eins?“ Er hielt eine leere Bierflasche hoch.

„Gern.“

Ich hörte, wie er die Kühlschranktür auf- und zumachte, das Klirren, als ein Deckel auf die Fliesen fiel. Ich vernahm, wie er ihn aufhob und einmal laut ein- und ausatmete. Dann blieb er mit zwei Flaschen in der Hand an der Türschwelle stehen.

„Was ist los, John?“

Mit einem Fuß schob er den Controller zur Seite und setzte sich neben mich auf den Boden.

„Hier.“ Er reichte mir eine Flasche. „Wie lange wohnst du jetzt schon hier?“

Ich rechnete nach. „Etwas mehr als ein Jahr.“

„Und wie lange seid ihr schon zusammen?“

„Ein paar Monate länger.“

„Und ihr wollt … heiraten?“

„Wie bitte?“ Ich war irritiert.

„Na ja, wie sagt man denn bei euch Homos? Nicht auch *heiraten*?“

„So ähnlich. Aber John, woher weißt du von unseren Plänen?“

„Auf dem Küchentisch liegen Karten.“

„Die Einladungskarten?“ John nickte. „Schön, dass Meike diskret bleiben wollte.“ Ich musste auflachen.

„Und wann ist es so weit?“

„Hör zu, noch sind wir in der Anfangsplanung. Bitte lass es noch unter uns bleiben, ja?“

John starrte jetzt auf den Fernseher. Im Hintergrund lief schon die ganze Zeit die Spielmusik aus *Zelda*.

„Ist es nicht etwas *too early*? Wie lange ist der Umzug her? Vielleicht ein Jahr?“, fragte er, ohne mich anzuschauen.

Was sollte ich darauf antworten? Vielleicht war es zu früh. Vielleicht auch nicht. Meike und ich hatten aus dem Bauch heraus entschieden. Es gab keinen vernünftigen Grund, der für eine Eintragung der Partnerschaft sprach, und dennoch fühlte sich unsere Entscheidung gut und richtig an. Wenn wir noch niemandem was gesagt hatten, dann, um uns genau solche Skeptiker vom Hals zu halten und weil es noch nicht lange her war, dass wir es selbst wussten. Es war alles ziemlich unspektakulär verlaufen, bei einem Glas Wein in unserem Lieblingsrestaurant, das nicht besonders schick und auch nicht besonders elitär war, aber uns gefiel es, weil es so einfach und unprätentiös war. Vielleicht ein wenig so wie wir und unsere Liebe.

„Keine Ahnung“, sagte ich dann. „Wenn es zu früh ist, werden wir das schon merken.“

Auf einmal spürte ich ein paar kühle Lippen auf meiner Wange. Kurz darauf auf meinem Mund. Ich kann nicht sagen, warum ich weder überrascht noch verärgert war. Ich ließ es geschehen, ich ließ zu, dass John mich weiterküsste. Als ob es das Einzige wäre, was ich für ihn tun konnte. Einfach regungslos dasitzen und mich von ihm liebkosen zu lassen, bis er von selbst aufhörte.

„Entschuldige“, sagte er irgendwann und nippte wieder an seiner Flasche.

„Du weißt, dass du für mich leider nicht in Frage kommst, Kumpel.“

„Ja, das weiß ich doch. Mir war jetzt einfach irgendwie danach … Keine Ahnung. *I’m sorry.*“

„Keine Sorge. So heiß, wie ich bin, kann ich dich verstehen." Ich stupste ihn an und hob die Flasche zum Anstoßen.

„Auf euch. Cheers!" John war jetzt wieder sichtlich entspannter.

„Auf uns." Und dann verstand ich. „Fuck, John. Ich werde wirklich heiraten!"

Kapitel 9

Wir feierten im kleinen Rahmen. Die Hochzeitsvorbereitungen hatten wenig Zeit in Anspruch genommen, nahezu nebenbei. Wir waren beide sehr unkompliziert, das gefiel mir. Meine ehemalige Berliner Truppe war anwesend sowie John, der Rest meines neuen Teams, meine Eltern, mein kleiner Bruder Frank und ein paar von Meikes Freundinnen. Ihre beste Freundin Gina hatte sich bereit erklärt, mit ihrer halbautomatischen Nikon-Kamera Fotos zu machen, und verstauchte sich gleich beim ersten Rückwärtslaufen den Knöchel. Den Rest des Tages verbrachte sie mit einer aufgelegten Kühlpackung auf einem Gartenstuhl sitzend.

Mein Vater war schon nach dem Sektempfang beim Standesamt betrunken und dementsprechend gut gelaunt. Mutter weinte hingegen unaufhörlich, und mir war nicht ganz klar, ob aus Trauer, weil die Fotografin ausgefallen war, oder wegen der Tatsache, dass ich nicht im Kleid, sondern im Anzug und in Chucks heiratete. Meike hingegen trug ein tailliertes, cremefarbenes Etuikleid, das einen schönen Kontrast zu ihrem naturroten Haar bildete. Sie hatte sich eine kleine Zeremonie im Wald gewünscht. Das milde Juni-Wetter eignete sich gut für eine Feier an der frischen Luft. Die freie Theologin, die Meike und ich ausgesucht hatten, schaffte es mit ihren zuversichtlichen Worten, auch noch den letzten Funken Bedrückung aus ihr verschwinden zu lassen.

An diesem wichtigen Tag war Meikes Vater Helmut nicht anwesend. Er hatte weder auf die Einladungskarte noch auf die darauffolgenden Anrufe seiner einzigen Tochter reagiert. Meike sagte, dass es ihr egal sei, aber ich wusste, dass es nicht stimmte. Seit dem Tod ihrer Mutter hatte sich zwischen Vater und Tochter etwas geändert. Es schien, als wäre Frau Janowsky die einzige Verbindung, der Klebstoff zwischen ihnen gewesen, und seit der Krebs sie früh mitgenommen hatte, hatten sie sich nicht mehr viel zu sagen. Meikes Coming-out mit Ende dreißig war die Schere, welche das zarte Band zwischen ihr und ihrem Vater definitiv durchschnitt.

Nach der Zeremonie lösten sich John, mein Vater und mein Bruder Frank gegenseitig am Grill ab. In der von uns gemieteten Waldhütte konnten wir uns vor lauter Proviant kaum bewegen. Eigentlich taten wir den ganzen Nachmittag nichts anderes, als uns die Bäuche vollzuschlagen. Für Meike und die Mehrheit ihrer Freundinnen hatten wir vegetarische und vegane Häppchen vorbereitet. Mir war unerklärlich, wie man anstatt auf einer saftigen Keule lieber auf einem trockenen Maiskolben herumnagte, aber mir sollte es, solange alle glücklich damit waren, recht sein.

Gegen Abend standen wir eng beisammen um die Feuerstelle und hielten die Handflächen gegen die Flammen. Coralie stimmte ein paar Lieder auf der Gitarre an, und selbst meine Mutter, die endlich zu weinen aufgehört hatte, sang lauthals mit und klatschte in die Hände wie ein kleines Mädchen. Mein Vater schnarchte auf einem Gartenstuhl vor sich hin und wollte, wenn er zwischendurch aufwachte, von Frank auf gar keinen Fall ins Hotel begleitet werden. Gina hingegen, deren Knöchel mittlerweile zur Größe eines Footballs angeschwollen war, ließ sich bald nach Hause fahren. Ihr zuliebe schnitten wir die Hochzeitstorte frühzeitig an, und sie versprach uns, die wenigen Bilder, die sie davon geschossen hatte, zusammen mit den anderen Fotos bald auf CD für uns zu brennen.

„Es tut mir so unglaublich leid, Mädels. Dass mir dieses Missgeschick ausgerechnet heute passieren musste."

„Mach dir keine Sorgen, meine Liebe", tröstete Meike ihre Freundin. „Du warst so tapfer. Jetzt solltest du dich wirklich etwas hinlegen. Und morgen so schnell wie möglich zum Arzt gehen."

Gina nickte. „Rufst du mich an?"

„Selbstverständlich rufe ich dich an."

Als unsere Gäste allmählich betrunkener und träger wurden und sich kleinere Gesprächsgruppen gebildet hatten, nutzten Meike und ich die Gelegenheit, uns zurückzuziehen.

„Komm mit." Meike nahm mich bei der Hand und führte mich weg von der Hütte und tiefer in den Wald, bis wir die Stimmen der anderen nur noch als unklare Geräusche ohne jegliche semantische Bedeutung wahrnahmen. Einzig der Lichtpunkt des Lagerfeuers in der Ferne diente uns als Orientierungshilfe. Flink wie ein nachtaktives Tier umging Meike Steine und Wurzelwerke, flüsterte mir zu, wann ich welchen Fuß wohin setzen musste, und steigerte jeweils das Tempo, wenn uns ihrer Meinung nach keine Hindernisse im Weg standen. Es musste so etwas wie ein Schweizer Wander-Gen geben, und sie hatte es definitiv geerbt. Mir blieb nichts anderes übrig, als Meikes Augen zu vertrauen, so wie ich es schon einmal getan hatte, als sie mich in der Tram ansah und ich ihr daraufhin wortlos bis in ihre Wohnung folgte.

„Hier." Wir blieben vor einem Baum stehen, der in der Dunkelheit nicht von anderen Bäumen zu unterscheiden war.

„Und? Fühlt es sich als verheiratete Frau nun anders an?"

„Gott sei Dank nicht! Es ist schön, so wie es ist."

„Denkst du, wir haben uns zu früh füreinander entschieden?"

„Warum? Hast du Zweifel? Für kalte Füße ist es nun zu spät."

„Du bist erst fünfundzwanzig, ich neununddreißig. Dein Leben hat gerade erst angefangen."

„Deines ja auch", konterte ich und ließ meine Hände zum Reißverschluss ihres Kleids wandern.

„Jetzt findest du den Altersunterschied noch reizvoll. Aber was wird in fünf, zehn Jahren sein?"

„Dann werde ich auch deine hängenden Bauchfalten lieben."

„Und Brüste. Bitte sag mir, dass du auch meine hängenden Brüste lieben wirst."

„Auch die werde ich lieben", erwiderte ich. In dieser Waldstille verriet mich das laute Ritsch-Ratsch des Reißverschlusses.

Elegant streifte sich Meike die Träger von den Schultern. Mit einer Hand drückte ich sie fest an mich, mit der anderen half ich ihr aus dem Kleid und hängte es über einen Ast.

„Das ist unfair. Jetzt bin ich nahezu nackt, und du bist noch komplett … ah …"

Einzig und allein ihr Stöhnen zu hören erregte mich. Wir liebten uns im Stehen. Meikes Rücken, am Baumstamm angelehnt, scheuerte an der Baumrinde.

„Du blutest gleich", stöhnte ich ihr ins Ohr. Kommentarlos drückte sie mir die offene Handfläche gegen den Mund.

„Sie werden denken, dass wir durchgebrannt sind", sagte Meike besorgt, während ich ihr in die Schuhe half und sie sich dabei sanft mit ihrer kühlen Hand an meiner Schulter stützte, so gut es ging.

„Dafür sind sie zu betrunken."

„Alex?“

„Was denn?“

„Ich habe ein mulmiges Gefühl.“

„Wieso das denn jetzt?“

„Keine Ahnung. Es ist einfach so … ein Gefühl. Ich habe Angst, Alex.“

„Ich bin doch hier, Meike. Wie oft hab ich dir schon versichert, dass ich dich und nur dich will und dass dein Alter mir nichts …“

„Es ist etwas anderes. Ich kann es nicht benennen, aber …“ Sie schwieg.

„Ich kann dir sagen, was es ist“, versuchte ich sie zu beruhigen. „Skepsis. Bis jetzt lief alles so reibungslos, so unheimlich perfekt zwischen uns, dass du gar nicht glauben kannst, dass es so bleiben wird.“

„Versprich es mir!“

„Was soll ich dir versprechen?“

„Das alles so bleibt, wie es ist.“

„Ich verspreche es dir.“ Ich nahm ihre Hände und küsste ihre Fingerkuppen.

„Ich fühle mich wie in einem herunterrasenden Fahrstuhl“, schob Meike besorgt nach. „Mein Herz rast.“

„Das ist bestimmt nur der Alkohol“, versuchte ich sie zu beruhigen. „Komm, lass uns gehen.“

Diesmal führte ich sie aus dem Waldstück heraus und zurück zu unserer Partyhütte, wenn auch langsamer und unbeholfener als auf dem Hinweg.

Der Erste, dem wir auf der Lichtung begegneten, war John. Der große, starke John mit Tao Tao am Geschirr. Das Bild war so komisch, so absurd, dass wir beide grinsen mussten.

„*Why are you staring at me, dears?*“, fragte er und nahm die Katze hoch und auf die Schulter.

„Ach, nichts!“, versicherte ich, ohne meinen amüsierten Gesichtsausdruck zu verbergen.

„*Oh, fuck!*“, stieß er auf einmal heraus. „Meike, was ist mit deinem Rücken passiert?“

„Ein wildes Tier“, sagte Meike trocken und zwinkerte ihm zu.

„*I guess,* das wilde Tier heißt …“

„Ich brauche ein Bier“, unterbrach ich ihn und zerrte Meike Richtung Lagerfeuer.

„Ich bringe dir eins, *you tremendously good looking bride.*“ John setzte Tao Tao wieder auf die Wiese, drückte mir die Leine in die Hand und entfernte sich beinahe hoppelnd. Der Kater hatte sich hingesetzt und, einer Primaballerina ähnlich, ein Beinchen hochgestreckt, um mit seiner Fellpflege zu beginnen.

„Ich muss zugeben, dafür, dass er so ein Mops ist, ist er ganz schön gelenkig“, lachte ich auf.

„Wer? John oder der Kater?“

„Sehr witzig.“

„Was für ein Tag“, seufzte Meike zufrieden, und ich sah ihr an, dass sie mittlerweile erschöpft war.

„Was für ein Tag“, wiederholte ich und drückte ihren Kopf auf meine Schulter. Zärtlich streichelte ich Meikes rotes Haar. Es roch nach Frühling, nach Baumrinde, nach Moos. Es roch nach unserer jungen, keimenden Liebe.

Dass der Winter für uns schon eingebrochen war, wusste ich zu diesem Zeitpunkt noch nicht, aber Meike hatte recht. Etwas unbeschreiblich Schreckliches wartete auf uns, schlummerte in Meikes Körper und machte sich dazu bereit, auszubrechen und unsere Existenzen wie eine Naturgewalt mitzureißen.

Kapitel 10

Ich ertrug es nicht mehr und packte sie am Unterarm. Meike sperrte die Augen auf, erhob sich schlagartig. Luft, endlich Luft in den Lungen, dachte sie wohl. Ihr Schrei hatte mich geweckt, und ich schaute sie verständnisvoll an, die Augen noch ganz klein vom Schlaf, ohne sie loszulassen.

„Ist es schon wieder passiert?“, krächzte ich.

„Ja.“ Es folgte eine lange Pause, die mich aufhorchen ließ. „Aber diesmal war es viel schlimmer.“

„Das tut mir so leid. Komm, leg dich wieder hin.“ Ich lockerte den Griff.

„Nein“, sagt Meike und zog rasch ihren Arm weg. Sie versuchte, sich aus dem zerknitterten Bettlaken zu befreien, in dem sie sich im Schlaf eingerollt haben musste. Als es nicht auf Anhieb klappte, fing sie an, wie ein Kleinkind zu quengeln und unkontrolliert mit den Beinen zu strampeln, bis das Laken nach unten rutschte.

„Alex, bitte. Hilf mir hier lieber raus. Ich muss los.“

„Hast du heute nicht einen Zahnarzttermin?“, fragte ich. Mittlerweile war ich selbst so aufgewühlt, dass ich die Brille aufsetzte und aufstand.

„Eben! Sie haben mich so lange warten lassen und das nur für eine Dentalhygiene, das ist eigentlich eine Zumutung. Ich darf auf keinen Fall zu spät kommen.“

„Na, dann mal los!“ Ich zog mit einer einzigen, ruckartigen Bewegung am Bettlaken, und schon lag Meike auf dem Fußboden.

„Sehr freundlich, danke schön!“, schnaufte sie und strich sich über den nackten Rücken. „Das hat wehgetan.“

„Gern geschehen. Moment! Wir sind noch nicht fertig.“

Noch bevor Meike protestieren konnte, wurde sie schon vom Blitzlicht geblendet. Einen Augenblick später wedelte ich mit einem Polaroid-Bild herum und hüpfte schadenfroh durch das riesige Schlafzimmer.

„Du bist echt albern. Vielleicht hätte ich damals doch eine in meinem Alter heiraten sollen“, sagte sie augenzwinkernd.

„Du meinst, eine, die den Urknall live miterlebt hat?“

„He, so alt bin ich doch gar nicht!“

„Du bist mittlerweile zweiundvierzig. Das ist schon ziemlich alt“, neckte ich sie. „Ich habe noch nicht mal eine Drei davor. Gib doch zu, dass dir diese Schabracke ... Wie hieß sie nochmals?“

„Iris?“

„Ja! Dass dir diese Iris am Ticketing des Kunsthauses lieber wäre als ich.“ Ich wickelte mir das Bettlaken um den Körper zu einer Art Stola und wackelte mit dem Hintern. „Hier sehen Sie ‚Le Chien‘ von Roberto Giacomazzi“, sprach ich in übertrieben gehobenem Ton und zeigte dabei auf Tao Tao, der auf einem Sessel gerade mit seiner Intimhygiene beschäftigt war.

„Er heißt Alberto Giacometti“, korrigierte mich Meike.

„Ja, ja ... Und hier, die Gotthardpost von Gottfried Keller!“ Ich zeigte auf die nackte Wand.

„Du meinst Rudolf Koller. Keller war zwar auch Schweizer, aber Schriftsteller.“

„Du bist manchmal so eine Korinthenkackerin!“

Meike schaute erneut auf den Wecker. „Ich muss mich echt beeilen. Sonst schaffe ich es nicht zu duschen.“ Ich half ihr hoch und ließ es mir nicht nehmen, ihr einen Klaps auf den Hintern zu geben. „Wozu musst du denn duschen?"

„Stell dir vor, du bist Zahnarzthelferin und musst zwei, drei Stunden neben einer Patientin stehen, die nach Schweiß und Sex riecht." Ich schmunzelte. „Wenn die Patientin attraktiv ist, hat es beinahe etwas Erotisches!"

„Du perverses Monster!", sagte sie zu mir, als wäre es das schönste Kompliment, das man einer Frau machen kann. Ich bückte mich ein wenig, damit sie mir einen Kuss auf den Mund drücken konnte.

„Komm her." Ich zog sie zu mir und presste Meikes nackten Körper gegen meinen Pyjama.

„*Du* bist ein kleines Monster. Seit Wochen schreist du beinahe jede Nacht auf wie eine Irre. Manchmal machst du mir Angst." Ich küsste Meike liebevoll auf die Stirn. „Möchtest du mir sagen, was dich letzte Nacht wieder geplagt hat?"

„Ich möchte nicht darüber reden. Es reicht, wenn mich diese seltsamen Albträume nachts verfolgen. Ich will mich nicht auch tagsüber damit beschäftigen müssen. Aber ich wüsste allzu gerne, was sie bedeuten."

„Denkst du, es hat mit dem aktuellen Stress zu tun? Vielleicht schläfst du deswegen so schlecht."

„Ich weiß es nicht. Vielleicht sollte ich die Dienste reduzieren. Aber du weißt ja, es sind Herbstferien, und jemand muss sich um die Tiere kümmern."

„Ich weiß, wie wichtig dir die Tiere sind. Du musst aber auch auf deine Gesundheit achten."

„Es sind nur noch wenige Tage. Ich hoffe, diese Geschichte nimmt dann bald ein Ende."

„Das wird es, versprochen. Und nun beeile dich, du bist spät dran." Ich ließ sie ins Badezimmer rennen, aber nicht, ohne ihr vorher einen erneuten Klaps auf den Hintern zu verpassen, der sie aufquietschen ließ.

Als Meike, frisch geduscht, angezogen und dezent geschminkt aus dem Badezimmer kam, hing das Polaroid-Bild schon an der Pinnwand. Gleich nach meinem Einzug in die gemeinsame Wohnung hatte ich eine Fläche im Flur erstellt mit Schnappschüssen aus dem Zusammenleben mit Meike. Ein Foto zeigte uns beide auf einer Drag-King-Party an Silvester. Während Meikes breites Basketball-Outfit ihrer ohnehin kleinen Statur nicht besonders schmeichelte, sah ich in meiner Rockstar-Verkleidung umwerfend aus. Im Hintergrund stand der breitschultrige John in einem hellblauen, trägerlosen Prinzessinnenkleid, das aus allen Nähten zu platzen drohte, und drückte uns so fest an sich, dass uns sichtlich die Luft wegblieb. Mein Lieblingsbild zeigte Meike, wie sie mit offenem Mund auf der Ledercouch schlief. Ihre Lesebrille hing an einem Ohr runter. Auch ein drei Jahre altes Bild unserer Hochzeit hing an der Wand. Unglaublich, wie schnell die Zeit verging. Es zeigte mich, meinen Vater sowie meinen Bruder Frank in Pose mit je einer Zigarre im Mund. Jetzt hatte ich die Pinnwand um ein weiteres peinliches Foto bereichert.

„Gefällt es dir?“, fragte ich sie, als sie die Küche betrat. Ich, noch im gestreiften Schlafanzug, war gerade damit beschäftigt, mir Frühstück zuzubereiten: zwei Spiegeleier, Speck, aufgewärmte Käsenudeln vom Vorabend, warme Waffeln und eine Schale Müsli mit Bananen, dazu eine Kanne Filterkaffee. Das meiste war schon fertig auf dem weißen Esstisch angerichtet. Meine nackten Füße machten ein schmatzendes Geräusch, während ich den Speck vom Herd nahm und neben den Eiern drapierte. Auf dem gesamten Küchenboden hatte ich gelbbraune Abdrücke hinterlassen. Das würde Ärger geben.

„Was hast du angerichtet! Das ist ja richtig widerlich!“, schimpfte Meike angeekelt.

„Ich habe nur den Teller nicht getroffen, als ich den Honig auf die Waffeln machen wollte“, rechtfertigte ich mich und blieb dabei völlig entspannt. Nach drei Jahren Ehe konnte ich Meikes Schimpftiraden ganz gut einschätzen.

„Ich hoffe, du kannst mit der Nadel besser umgehen als mit den Küchenutensilien. Sonst sind deine Kunden ja aufgeschmissen. Mach das bitte weg, bevor du ins Studio fährst. Sonst bildet sich hier bald eine Ameisenkolonie. Alex? Hast du mich gehört?“

„*Yes, ma'am!*“ Ich ließ mich auf einen Stuhl fallen und führte mit einer Hand eine vollbeladene Gabel zum Mund, während ich mit der anderen den dicken Tao Tao fernhielt, der sich einen Weg zu Butter und Speck verschaffen wollte.

„Also, gefällt dir der Schnappschuss oder nicht?“, fragte ich schmatzend.

„Muss das Foto wirklich im Flur hängen? Ich möchte nicht, dass die Leute meine Brüste begutachten, wenn sie die Wohnung betreten.“

„Ach nein? Ich wollte schon Punktetafeln an die Gäste verteilen.“

„Alex, bitte. Nur dieses eine Mal. Versprichst du mir, dass du das Bild entfernst?“

„Lesbenehrenwort.“ Ich spreizte Zeige- und Mittelfinger zu einem V und ließ dazwischen die Zungenspitze hin und her wackeln. Die Geste brachte Meike zum Lachen.

„Möchtest du ein Ei?“, fragte ich, während ich mir die letzte Scheibe Speck in den Mund schob.

„Nein, danke. Sonst war das mühsame Zähneputzen umsonst. Wir müssen unbedingt Zahnseide nachkaufen. Und die blaue Mundspülung."

Sie machte zwei riesige Schritte zum Kühlschrank, darum bemüht, nicht auf die Honigflecken zu treten, und holte einen Teller mit Hackfleisch aus dem Kühlschrank.

„Ich muss jetzt gehen. Lass das bitte stehen, bis es Zimmertemperatur hat, und verfüttere es dann Tao Tao."

„Du hast jetzt aber nicht allen Ernstes für ihn gekocht?"

„Ich habe nicht gekocht. Wie du siehst, ist das rohes Rindfleisch. Ich habe es nur durch den Wolf gelassen, weil er noch nicht an die BARF-Fütterung gewohnt ist."

„Was bedeutet BARF?"

„Biologisch artgerechtes rohes Futter", erklärte Meike stolz.

„Rohes Rindfleisch? Soll er BSE bekommen? Tao Tao, machst du schon muh? Fett wie eine Kuh bist du ja schon." Der Kater kratzte sich nur am Ohr.

„Sei nicht so gemein zu ihm! Tiere verstehen mehr, als du denkst. Aber zu deiner Frage: Es kann nicht viel passieren. Ich habe kontrolliertes Schweizer Bio-Fleisch geholt."

Ich ließ versehentlich die Gabel fallen. „Das gute Bio-Fleisch? Kann er sich nicht einfach eine Maus fangen wie alle anderen Katzen auch?"

Ein Blick auf die Uhr und Meike geriet erneut in Panik. „Keine Diskussion! Ich muss jetzt wirklich gehen. Wir sehen uns später!" Sie drückte mir einen Kuss auf den Mund und trat in der Eile dann doch auf den Honig.

„Argh! Jetzt habe ich keine Zeit, mir die Schuhe zu wechseln. Mach bitte dieses eklige Zeug weg!" Noch bevor ich darauf antworten konnte, hörte ich einen Knall und Meikes Absätze im Treppenhaus immer leiser werden.

„Wir sind alleine, mein Junge!" Ich streichelte den Kater und streckte ihm den Zeigefinger entgegen, den ich vorher kurz in die weiche Butter getunkt hatte.

„Friss nur. Die Mama weiß einfach nicht, was für dich gut ist." Aus einer Schublade holte ich eine Tüte Nassfutter. „Schade, kannst du nicht selbst lesen. Hier steht: Wildlachs und feinste Karotten … Ist gesund und versorgt ihre Samtpfote mit allem, was diese benötigt. Na also!" Ich schnitt die Tüte auf und schüttete den Inhalt in den Fressnapf. „Und das hier brauchst du nicht mehr." Ich nahm das Rohfleisch vom Teller, streute Salz und Pfeffer darüber, formte eine rundliche Kugel daraus, die ich dann vorsichtig plattdrückte, und legte sie in die noch warme Pfanne. „Heute gibt's Hamburger!", sagte ich stolz und drehte den Temperaturregler auf die höchste Stufe.

Kapitel 11

So war unser Leben: außergewöhnlich in seiner Durchschnittlichkeit. Mit den Jahren hatten sich Meikes anfängliche Zweifel als unbegründet herausgestellt. Wir hatten eine schöne Wohnung in der Stadt, einen Kater, beide einen Job, der uns Spaß machte, und unsere Beziehung war erstaunlich harmonisch, dafür, dass uns vierzehn Jahre Altersunterschied trennten und wir uns in das Zusammenleben gestürzt hatten.

Ich muss zugeben, das Wohnen mit mir war nicht besonders einfach. Ich war laut, präsent. Meike hingegen schwebte nahezu in den Raum. Vielleicht vermochte sie deshalb so gut mit Tieren umzugehen. Und mit mir. Wenn das letzte Licht im Studio ausgeschaltet war, wenn ich mich nach einem nie enden wollenden Arbeitstag, genervt von peniblen Kunden und Johns Launen, auf die Couch fallen ließ, mit vier Kilo Katze auf dem Bauch und Meike, die mir die Socken auszog oder wahlweise sich, dann empfand ich so etwas wie Heimat. Ja, Meike war meine Heimat, meine Zuflucht, mein Rückzugsort. Meike. Ihren Namen auszusprechen war, wie ein Ortsschild aus der Kindheit nach Jahren wieder abzulesen. Sie war weder „Schatzi“ für mich noch ich „Hase“ für sie. Mein Name, von ihr ausgesprochen, war Liebkosung genug.

„Wir sind so anders“, stellte sie eines Abends fest.

„Inwiefern?“

„Ich weiß nicht. Anders als andere Paare eben.“ Und dann drückte ich ihr den Kuss auf die Stirn, den ich ihr jeden Abend auf die Stirn drückte und der so viel sein konnte. Mal Zuspruch, mal Trost, ein Friedensangebot.

„Es ist auch erstaunlich, wie gut es ein Sportmuffel und Fleischfresser wie ich mit einer vegetarischen Wanderfanatikerin wie dir aushalten kann."

„Hast du etwas anderes erwartet? Wir sind nun mal ein gutes Team. Auch wenn ich mir wünschen würde, dass du mein größtes Hobby mit mir teilst. Weil es mir so viel bedeutet."

„Du kommst ja auch nie auf ein Metal-Konzert mit mir", spielte ich ein wenig Enttäuschung vor.

„Du willst doch nicht diesen Lärm mit der entspannenden Wirkung einer Wanderung vergleichen?"

„Das tue ich aber gerade", neckte ich sie. „Was bedeutet dir denn dieses Rauf- und Runtermarschieren, das Schwitzen, die Fußblasen?"

„Komm einmal mit mir mit. Dann wirst du verstehen, was mir am Wandern gefällt. Wandern ist wie Meditieren. Du kriegst den Kopf frei. Du siehst Pflanzen und Tiere, entdeckst Dinge auf dem Weg, die du nie vergessen wirst. Ich plane gerade eine Reise in den Norden. Eine große Sache. Ich könnte dich mit anmelden."

„Nein, vielen Dank!", sagte ich amüsiert. „Und du solltest auch mal einen Gang runterschalten. Du siehst heute wieder so fertig aus", stellte ich fest.

„Ich schlafe so schlecht."

„Dann geh zum Arzt."

„Ich hasse Ärzte, das weißt du."

„Deine Schlaflosigkeit zieht sich schon seit Wochen hin. Muss ich wieder mit Liebesentzug drohen? Er kann dir bestimmt ein paar Tabletten verschreiben."

„Die machen süchtig."

„Dann nimm Baldriantropfen."

„Die bringen nicht viel."
„Wenigstens gibst du es zu", sagte ich augenzwinkernd.
„Nur in dieser spezifischen Situation nicht."
Ich nahm sie daraufhin wortlos in den Arm. Sie kuschelte sich an mich und döste.
„Auf deiner Brust kann ich ein wenig entspannen. Und loslassen", flüsterte sie im Halbschlaf.
„Was loslassen?"
„Die ganzen dunklen Gedanken."
„Geht das schon wieder los? Du bist nur überarbeitet", sagte ich nun etwas aufgebracht.
„Ich kann nicht steuern, was in meinem Kopf vorgeht, entschuldige!"
„Du hast recht, wir kriegen das hin", versicherte ich ihr.
„Auch wenn ich mich bei dir wohlfühle, müssen wir vielleicht mal über getrennte Schlafzimmer nachdenken."
„Das mache ich nicht", protestierte ich kopfschüttelnd.
„Aber es reicht doch, wenn eine von uns beiden seit Wochen schlecht schläft. Ich möchte dir nicht zur Last fallen."
„Das wirst du nie."
Wie sehr ich mich zu dem Zeitpunkt getäuscht hatte.

Kapitel 12

Die darauffolgenden Wochen waren ein einziger Albtraum. Meikes unruhiger Schlaf trieb auch mich allmählich in den Wahnsinn. Die Arbeit konnte, wie ursprünglich vermutet, nicht der Grund für Meikes Schlaflosigkeit sein. Die Ferien waren schon längst vorbei, Eltern und Kinder wieder zu Hause und die Dienste für die Tierbetreuungen drastisch reduziert.

Die Baldriantropfen halfen nicht, und wirkungsvollere Medizin wollte sie, wie zu erwarten war, natürlich nicht einnehmen. Alleine auf der Couch zu schlafen kam für mich dennoch nicht infrage. Ich war irgendwann so verzweifelt, dass ich Tao Tao erlaubte, im Bett zu schlafen. Sein Schnurren hatte, so meinte Meike, eine beruhigende Wirkung auf sie. Da der Kater aber gefühlte zwei Drittel des Bettes für sich in Anspruch nahm, waren wir vom Zustand *Entspannung* noch weit entfernt, was sich im Alltag leider oft bemerkbar machte.

„Alex!" Am Ton erkannte ich, dass ich wieder in großen Schwierigkeiten steckte.

„Alex!", brüllte Meike noch lauter. „Schau dir das an!", forderte sie mich auf, kaum, dass ich das Bad betreten hatte. Ich starrte fragend auf das Waschbecken, suchte nach Haaren im Abfluss oder Flecken auf der Keramik.

„Was ist denn damit?" Ich konnte beim besten Willen keine Verfehlung erkennen. Meike rollte mit den Augen.

„Wie oft habe ich dir erklärt, dass die Zahnpastatube senkrecht stehen muss."

„Deswegen hast du mich gerufen? Weil die Tube liegt?" Erleichtert wandte ich mich ab, da packte mich Meike fest am Handgelenk und zog mich zurück.

„Bitte achte zukünftig darauf, es macht mich sonst wahnsinnig." Sie klang ernst.

„Ich verstehe das nicht. Es gibt meines Wissens keine EU-Tubenrechtskonvention, die ..."

„Es steht sogar drauf", unterbrach mich Meike.

„Was steht drauf?"

„Dass sie senkrecht stehen *muss*." Selbstsicher nahm sie die Zahnpasta in die Hand und las akribisch den Text auf der Rückseite laut vor.

„Und?", fragte ich und versuchte dabei, nicht in Lachen auszubrechen.

„Okay, auf dieser Tube gerade nicht, aber bei der letzten, die du gekauft hast, die Kräuterzahncreme ohne Fluorid, da stand es sogar fettgedruckt." Sie errötete.

„Alles klar, Schätzelein." Ich küsste sie. „Wenn es dir so wichtig ist ..."

„Ja, ist es", antwortete sie nun etwas sanfter.

„Wenn es dir so wichtig ist", wiederholte ich, „werde ich zukünftig besser aufpassen."

„He, was tust du da?" Sie zuckte und zog meine Hand wieder aus ihrer Bluse heraus.

„Mich versöhnen." Ich bemühte mich darum, einen romantischen Blick aufzusetzen.

„Du guckst wie ein getretener Hund", lachte sie auf. „Wir haben uns doch gar nicht gestritten."

„Oh, doch, gerade eben."

„Das war doch kein Streit", wiederholte Meike.

„Willst du nun Versöhnungssex oder nicht?"

„Ich liebe deine charmante, direkte Art. Huch!" Schwungvoll hatte ich Meike auf den Waschtischschrank gehoben und küsste nun ihren Hals.

„Es kitzelt", protestierte sie. Meine Lippen verließen ihren Hals. Ich knöpfte ihre Bluse auf, während sie ihre Fingernägel fest in meinen Hintern krallte.

„Sie sind hart", stellte ich grinsend fest und liebkoste ihre Brustwarzen.

„Sprich nicht immer so viel", stöhnte Meike und drückte meinen Kopf zwischen ihre Brüste. Ich sagte kein Wort mehr, rutschte weiter nach unten, zum Bauchnabel, zum Hosenbund, den ich vorsichtig aufknöpfte.

„Ich mag diese Hose", hauchte ich ihr zwischen die Beine.

„Die hast du mir geschenkt."

„Eben", antwortete ich und spürte sofort, wie sich ihre Nägel durch den Stoff fester in mein Fleisch bohrten.

Dann klammerte sich Meike wie ein Äffchen um meine Hüfte, damit ich sie ins Schlafzimmer tragen konnte.

Irgendwann lagen wir völlig erschöpft auf dem Fußboden.

„Bitte entschuldige, aber ich muss mal ganz dringend … für kleine Mädchen."

Ich lockerte die Umarmung und blieb mit dem Blick an Meikes Rücken haften, bis sie im Badezimmer verschwunden war. Ich krabbelte hoch und legte mich aufs Bett, glücklich, dass weit und breit kein Kater war, der mir den Platz streitig machen konnte. Plötzlich stand Meike wieder im Raum. Sie sagte nichts. Sie starrte mich nur an, mit weit aufgesperrten Augen, die verunsichernd auf mich wirkten.

„Alles in Ordnung?"

„Es ist etwas passiert." Ihre Stimme zitterte. Ihr ganzer Körper zitterte. Und ich bereute auf einmal die Frage.

Kapitel 13

Singistugan-Sälkastugan (12,5 km)

„Es ist alles in Ordnung", versucht mich Emma zu beruhigen. Hinter der Kammlinie erkennen wir in einer Talsenke bereits die Hütten der Singi-Station. Es ist kurz vor elf, als wir einchecken.

„Das haben wir gut gemacht", sagt Emma etwas selbstgefällig.

Es braucht einen Moment, damit ich begreife, dass ich mir gerade meinen zweiten Stempel geholt habe.

In einem der Zelte werden kostenlos Rentier-Wraps mit Kartoffelpüree und Preiselbeeren ausgeteilt.

„Siehst du, ich komme jetzt doch noch zu meinem Gourmet-Menü", spottet Emma. Das Essen schmeckt tatsächlich besser, als es aussieht.

Auch hier in Singi lassen sich ein paar Verletzte ausfliegen. Mir schmerzen die Füße zwar höllisch, aber solange nicht auch bei mir die Hautfetzen herunterhängen, denke ich nicht ernsthaft ans Aufgeben. Während ich sicherheitshalber ein paar Gelpflaster anklebe, macht Emma weitere Bilder. Sie könnte schon längst viel weiter sein, aber bisher hat sie Rücksicht auf mein Gehtempo genommen. Dass ich beim Wandern schnaufe wie ein Pferd kurz vor dem Erschöpfungstod, stört sie offenbar nicht.

„Wollen wir aufbrechen?", fragt sie mich.

Ich nicke und versuche, das schwere Gepäck wieder auf den Rücken zu stemmen.

„Vorsicht, du brichst dir noch was!“ Gerade noch rechtzeitig kann mich Emma vor einem Sturz nach hinten bewahren.

„Wollen wir die Rucksäcke tauschen?“

„Ich komme vielleicht später auf dein Angebot zurück“, antworte ich verlegen.

„Ab jetzt folgen wir dem *Kungsleden* bis nach Abisko.“

„Dem was?“

„Dem Königspfad. Die meisten kennen nur den nördlichen Teil. Den südlichen gehen wir mal, wenn du fit genug dafür bist“, sagt Emma augenzwinkernd.

„Ist das eine Einladung?“

„Quatsch nicht so viel und beeil dich.“

Die meiste Zeit balancieren wir auf engen Holzplanken, die mit jedem Schritt unter dem Gewicht der Rucksäcke quietschen. Manche federn unter unseren Füßen, und ich habe Mühe, das Gleichgewicht zu halten.

In der sumpfigen Landschaft sammeln sich die Mücken in Schwärmen um meinen verschwitzten Körper. Ich habe Angst, bei lebendigem Leibe aufgefressen zu werden, aber Emma sagt, ich soll mich nicht so anstellen.

Bei der nächsten Rast zähle ich mindestens achtzig Mückenstiche. Die kleinen Blutsauger hatten kein Problem damit, den Weg durch die Kleidung und bis zu meiner Haut zu finden.

„Hör auf zu lachen!“, brülle ich Emma an.

„Bitte entschuldige, aber es ist zu witzig.“

„Es juckt und brennt, obwohl ich Mückenspray dabei habe. Und ich sehe aus wie jemand, der die Beulenpest hat. Was soll daran lustig sein?“

„Sei froh, dass hier mehrere Täler zusammenkommen und der Wind deshalb so zieht. Sie hätten dich sonst völlig ausgesaugt. Lass dich verarzten."

Ich spüre Emmas kühle Hände auf meiner Haut, während sie beinahe die ganze Tube Salbe auf die unzähligen Stiche aufträgt. Ganz selbstverständlich schiebt sie die Finger unter meinen Sport-BH, und ich spüre ein Ziehen in der Bauchgegend.

„Fertig. Zieh dich wieder an, bevor du dich noch unterkühlst." Emma wirft mir das T-Shirt ins Gesicht.

Der weitere Weg führt über steinige Serpentinen und wird mit jedem Schritt steiler.

„Hast du ein Ohr offen?", höre ich mich fragen.

„Klar", sagt Emma sanft und nimmt meine Hand.

Kapitel 14

„Wir sind gleich da." Ich nahm Meikes kleine Hand in meine. „Es ist bestimmt nur eine Blasenentzündung." Ich zählte auf der Tafel nochmals die Tramhaltestellen bis zur Notfallstation des Universitätsspitals. Bürkliplatz, Bellevue, Kunsthaus, Kantonsschule. Noch viel zu viele.

„Von einer harmlosen Blasenentzündung kann unmöglich so viel Blut kommen", sagte sie und starrte weiter aus dem Fenster.

„Dann sind es eben Blasensteine oder so etwas Doofes."

„Du bist kein Arzt, Alex."

„Du auch nicht." Dann sagte ich nichts mehr, bis wir im Wartesaal aufgerufen wurden, um nicht einen Streit anzufangen. Wir waren beide sehr angespannt. Meike machte sich Sorgen, sagte es aber nicht, und ich versuchte, ruhig zu bleiben, obwohl ich mindestens genauso viel Angst hatte wie sie.

Wie nicht anders zu erwarten war, saßen wir mehrere Stunden auf unbequemen Stühlen und blätterten Zeitschriften durch, die wir sonst nie in die Hand nahmen. Warum bloß legte jede Klinik die Schweizer Illustrierte aus?

„Möchtest du einen Kaffee?", bot ich Meike an, nur um etwas zu unternehmen. Der Gang bis zum Kaffeeautomaten versprach zwei Minuten Ablenkung.

„Lieber nicht."

„Kann ich irgendetwas für dich tun?"

„Nein."

Unsere Konversation beschränkte sich auf *ja, nein, lieber nicht.*

Meike blätterte weiter die Zeitschriften durch, ohne die Artikel zu lesen. Oder sie verschränkte die Arme, schloss die Augen und war ganz weit weg von mir.

Ich zählte die Patienten, die vor uns aufgerufen wurden, seit wir die Klinik betreten hatten. Acht. Ein relativ junger Mann mit einem Hexenschuss, ein älterer Herr mit einer Bisswunde an der Wade, der nicht aufhören wollte, über das Tier und dessen Besitzer zu fluchen, eine bockige Jugendliche, die sich offensichtlich zu tief geritzt hatte, und ihre Mutter, die immer wieder den Kopf schüttelte und sich fragte, was sie bloß an der Erziehung falsch gemacht hatte. Und den anderen fünf konnte ich nicht ansehen, aus welchem Grund sie auf eine Behandlung warteten. Sie litten still vor sich hin, so wie Meike, die sich vollkommen in ihre innere Höhle zurückgezogen hatte.

Nach mehr als drei Stunden dann endlich der Aufruf. Meike bekam gleich einen Becher für die Urinuntersuchung. Nachdem sie die Probe abgegeben hatte, folgten eine Blutabnahme und ein Ultraschall der Nieren und des Bauchraums. Ich musste draußen warten, weil Meike es so wollte .

„Was haben sie denn gesagt?“, fragte ich beunruhigt, als Meike sich von den Ärzten verabschiedet hatte.

„Nicht viel.“

„Wie? Du warst ewig im Behandlungsraum. Meike, was haben sie gesagt?“

„Sie schicken Dr. Schutzbach die Ergebnisse.“

„Deiner Hausärztin?“ Meike nickte.

„Und dann?“

„Dann werde ich zu ihr in die Sprechstunde gehen müssen. Und viel mehr weiß ich auch nicht.“

Ich suchte wieder Meikes Hand und ließ sie nicht los, bis wir zurück in der Wohnung waren.

Sie ließ sich von mir einen Fencheltee kochen. Dann holte ich die alte Fleece-Decke aus dem Schrank, die rote mit dem Eulenmuster, und kuschelte uns beide ein, während wir halbinteressiert einen Dokumentarfilm über Roland Barthes schauten. Der Sommer hatte gerade erst begonnen, und Meike fror, zitterte unter der Decke. Die Stimmung war eine ganz andere als noch vor wenigen Stunden.

„Ich habe kein gutes Gefühl", platzte es auf einmal aus ihr heraus.

„Es wird schon nichts sein." Ich drückte Meike fest an mich und merkte selbst, dass ich nicht überzeugend klang.

„Sie haben etwas gesehen." Sie hob den Kopf und starrte mich an.

„Was haben sie gesehen? Wann?"

„Beim Ultraschall." Und dann verstand ich kein Wort mehr, weil sie in Schluchzen ausgebrochen war.

Kapitel 15

Auf einmal gehörte ein Begriff, der bei Meike und mir bis dahin nicht zum Wortschatz gehörte, zu unserem Alltagsvokabular: *NCC*–Nierenzellkarzinom. Das Abscheuliche am Nierenkrebs ist, dass er lange asymptomatisch bleibt. Blut im Urin, das war alles. Und die Abgeschlagenheit, die innere Unruhe. Und ich dachte die ganze Zeit, dass sich Meike hinter irgendwelchen esoterischen Theorien versteckte. Meike hatte kein Gewicht verloren, hatte weder Schmerzen in den Flanken noch Fieber gehabt. Und doch, ihr bösartiger Tumor war faustgroß. „Ein Auswuchs von wenigen Zentimetern Durchmesser enthält bereits Millionen von Zellen und ist nicht von gestern auf heute entstanden", hatte Dr. Schutzbach gesagt. Wer weiß, wie lange sich der Krebs schon in Meikes Körper eingenistet hatte. Dessen Entdeckung war ein Zufall gewesen. Wer hätte erahnen können, dass man Meikes schlechte Stimmung auf eine Störung ihres Gleichgewichts zurückführen konnte, vor allem, weil der Tumor schon so fortgeschritten war.

Google sagte: In der Schweiz erkranken jährlich rund siebenhundert Menschen an Nierenkrebs. Nur ein Drittel der Betroffenen sind Frauen, über die Hälfte der Erkrankten ist mindestens siebzig, vier von zehn zwischen fünfzig und siebzig und nur einer jünger. Meike mit ihren zweiundvierzig Jahren war die *eine*. Und deshalb hasste ich den Nierenkrebs so sehr. Warum hatte er sich ausgerechnet meine Meike ausgesucht? Sie rauchte nicht, trank kaum

Alkohol und bewegte sich viel, aß ausgewogen und noch dazu vegetarisch, wo doch die Weltgesundheitsorganisation WHO erst kürzlich rotes und verarbeitetes Fleisch als krebserregend eingestuft hatte. Sie war das Gegenteil von mir. Und ich war gesund.

Dr. Schutzbach hatte sich nicht einmal die Mühe gemacht, uns die Diagnose schonend mitzuteilen. Aber vielleicht gibt es auch gar keine schöne oder rücksichtsvolle Art, jemandem zu erzählen, dass er bald sterben wird. Meike sah äußerlich robust aus, wirkte gefasst. Als sich unsere Blicke kurz trafen, wusste ich, dass sie innerlich zerrissen war.

„Wie viel Zeit habe ich noch?" So direkt, so abgeklärt kannte ich Meike gar nicht.

„Die Heilungschancen für an Nierenkrebs Erkrankte hängen vom Stadium ab, in dem der Tumor entdeckt wird."

„Sprechen Sie deutlicher."

„Wie Sie wissen, hat Ihr Nierenzellkarzinom Metastasen in der Lunge gebildet. Die Lebenserwartung ab dem Zeitpunkt der Metastasierung liegt bei 26,4 Monaten."

„Etwas mehr als zwei Jahre also?", fragte Meike weiter.

„Damit ist die Zeit gemeint, innerhalb welcher fünfzig Prozent der Patienten nach der Diagnoseerstellung noch leben. Ich kann es Ihnen nicht genau sagen."

„Gibt es keine Heilungschancen? Einfach gar nichts?"

„Nicht in diesem Stadium. Es tut mir sehr leid."

„Und was jetzt? Was machen wir jetzt?" Ich wurde unruhig. Der Boden unter meinen Füßen fühlte sich an wie weicher, heißer Teer.

„Eine radikale Nephrektomie. Ihr Tumor wird zusammen mit der linken Niere komplett entfernt. Danach werden die Metastasen medikamentös behandelt. Ich werde alles so schnell wie möglich in die Wege leiten."

„Keine Bestrahlung?", fragte ich weiter.

„Keine Bestrahlung. Diese wird nur zur Schmerzbehandlung bei Metastasen im Gehirn und in den Knochen angewandt. Aber mit den verschiedenen medikamentösen Therapiemöglichkeiten kann die Progression der Krankheit etwas verzögert werden."

„Klingt ja fabelhaft." Ich wurde laut.

„Alex, beruhige dich." Meike griff nach meinem Arm.

„Wie kannst du nur so ruhig bleiben, Meike? Wie schaffst du das?"

Ich stand vom Stuhl auf und wusste nicht, in welche Richtung ich gehen sollte, ob ich bleiben oder den Raum verlassen wollte.

„Es stehen Ihnen auch psychologische und seelsorgerische Maßnahmen offen", versuchte uns Dr. Schutzbach zu trösten.

„Alex, setz dich bitte hin", bat mich Meike.

Widerwillig nahm ich wieder Platz.

„Was müssen wir noch wissen? Es ist schon alles Wichtige gesagt, oder nicht?", sagte ich trotzig. „Du wirst sterben, und ich bleibe alleine zurück."

Kapitel 16

Singistugan-Sälkastugan (12,5 km), Teil 2

„Möchtest du eine Pause machen?“, fragt Emma.

„Nicht nötig.“ Ich wische mir die Tränen vom Gesicht und setze einen Fuß nach dem anderen weiter auf dem Wanderweg. Vielleicht liegt es an mir, vielleicht an der Strecke, aber ich möchte nicht aufhören zu gehen. Nicht ausgerechnet jetzt. Oben auf dem Kamm angekommen, erahne ich, was das Wandern für Meike bedeutet haben muss. Hier, wo das Tal sich öffnet, erkenne ich in der Ferne die schneebedeckte Nordspitze des Kebnekaise. Ein leichter Windzug kühlt mein glühendes Gesicht.

„Emma, von hier aus kannst du ganz gute Bilder schießen. Emma?“ Ich schaue mich um und entdecke ihre Ausrüstung auf dem Boden. Und dann traue ich meinen Augen nicht. Emma steht breitbeinig wie ein Kerl vor einem Busch und pinkelt im Stehen.

„Ach, du Scheiße, wie hast du das denn gemacht?“, frage ich beeindruckt, als sie zurückkommt.

„Damit!“, antwortet Emma und wirft mir ein längliches, blaues Plastikteil in die Hände.

„Iihh, bist du verrückt?“

„Ich hab es ausgewaschen, du Dummkopf“, erklärt sie lachend.

„Was ist das?“

„Eine Urinierhilfe.“

„Verrückt."

„Warum verrückt? Während du ständig die Hose runterlassen musst und dir nachts den Arsch in der Kälte abfrierst, muss ich nur den Reißverschluss aufmachen."

„Und vergiss die Murmeltiere nicht."

„Was ist mit den Murmeltieren?"

„Die könnten mir dabei auch in den Hintern beißen."

„Ach ja, stimmt." Emma zwinkert mir zu, und ich weiß nicht mehr, was ich sagen wollte.

„Was ist?", fragt sie.

„Nichts. Bringst du es mir bei?"

„Im Stehen zu pinkeln?"

Ich nicke und merke, wie ich erröte.

„Gern." Sie schaut sich um. „Niemand da."

„Jetzt?", frage ich völlig überrumpelt.

„Wenn nicht jetzt, wann dann?", sagt sie und zerrt mich zum Gebüsch, das sie selbst vor wenigen Minuten bewässert hat.

„Hose runter", befiehlt sie.

„Hose runter? Du hast doch gesagt, dass …"

„Normalerweise übt man in der Badewanne. Glaub mir, Süße, du möchtest beim ersten Mal nicht die Hose anbehalten."

Ich habe Hemmungen, mich vor Emma auszuziehen, aber es beschleicht mich das Gefühl, mir bleibt gar keine andere Wahl. Langsam mache ich den Reißverschluss auf, ziehe die Hose, dann die Thermoleggins herunter, die Emma mir netterweise geliehen hat, und zum Schluss, etwas zögerlich, die Unterhose. Nun stehe ich halbnackt vor diesem Busch, breitbeinig, noch in Wanderschuhen, die ich nicht mehr ausziehen möchte, bis wir die nächste Etappe erreicht haben, versuche, mit meiner Jacke meinen nackten Hintern, so gut es geht, vor fremden Blicken zu verstecken, und frage mich, wie ich diese wunderliche Urinierhilfe richtig halten soll.

„Ich zeige es dir", sagt Emma etwas ungeduldig.

Während sie halb neben mir, halb hinter mir steht und ich den Stoff ihrer Kleidung an meiner nackten Haut spüren kann, ihren rechten Arm, der mich beinahe umarmt, legt sie ihre linke Hand auf meine und hilft mir, das Plastikteil richtig zu halten.

„So müsste es klappen", sagt sie zufrieden und geht einen Schritt zurück.

„Schaust du mir etwa zu?", frage ich leicht empört.

„Wo bleibt sonst der Spaß für mich?", erwidert sie amüsiert.

„Also gut." Ich versuche, mich zu entspannen und zu vergessen, dass diese mir eigentlich fremde Frau hinter mir steht und mir beim Urinieren zuschaut. Ich erschrecke mich über mich selbst, weil ich auf einmal Erregung verspüre. Ich beobachte den Strahl vor mir. Es fließt alles da, wo es hinfließen muss.

„Gut gemacht."

„Das war's?"

„Das war's", wiederholt Emma. „Und wasch mir das Ding bitte aus." Ich frage mich, wie es für sie wohl war, mir dabei zuzusehen. Und als sie an mir vorbeigeht und meinen Hintern mit dem Handrücken streift, glaube ich, eine Ahnung davon zu haben.

Während ich mich wieder anziehe, macht Emma ein paar Fotos von einem Rentiergehege. Dann gehen wir mehr oder weniger wortlos nebeneinander her.

„Wir haben jetzt ungefähr die Hälfte der Strecke bis zum nächsten Checkpoint. Dort vorne ist schon der Drakryggen-Berg", stellt Emma zufrieden fest. „Jetzt wird es langweilig", fügt sie hinzu.

„Warum?“

„Auf diesem Stück sieht die Landschaft immer gleich aus. Und die Wege schlängeln sich ewig im Zickzack.“

„Und was sollten wir dagegen tun?“

„Vielleicht erzählst du mir weiter deine Geschichte.“

„Ist es in Ordnung, wenn wir ein wenig warten?“

„Klar.“ Ich lasse es zu, dass Emma wieder meine Hand nimmt. Sie spricht nicht viel über sich, und da ich nicht rede, gehen wir die nächsten paar Kilometer schweigend. Ab und zu trinken wir aus einem der vielen Bäche, setzen uns hin und lassen das Gebirge auf uns wirken. Als sich tatsächlich ein Murmeltier nähert, brechen wir beide in Lachtränen aus.

In Sälka ankommen, gönne ich mir am Kiosk ein paar ungesunde Knabbereien.

„Wollen wir noch in die Sauna gehen? Die Nutzung ist in der Startgebühr inbegriffen.“

„Sauna klingt gut“, sage ich.

„Aber wir müssen das Holz aus dem Holzschuppen holen und selbst hacken.“

„Dann nicht.“

„Du Faultier. Dann lass uns noch ein Stückchen weitergehen und bei der Sälkastuga unser Zelt aufschlagen.“

„Du hast kein Wort gesagt. Ist alles in Ordnung?“

„Ja. Ich warte nur darauf, dass du weitererzählst.“ Emma stochert weiter in ihren lauwarmen Bohnen herum und fischt völlig unerschrocken mit Daumen und Zeigefinger einen Käfer aus der Metallschüssel.

Ich trinke einen Schluck aus der Thermosflasche und muss mich schütteln. *Kalter Kräutertee schmeckt einfach nicht, ganz egal, was du damals behauptet hast, Meike.*

„Also gut. Weißt du, ich war noch nie eine leidenschaftliche Wanderin.“

„Was du nicht sagst!" Emma verschluckt sich an einer Bohne und hustet lachend das Zerkaute auf das feuchte Gras.

„Mach dich nur lustig darüber. Jedenfalls mache ich diese Wanderung vor allem, weil …" Ich mache eine Pause. „Meike hat immer von der Natur geschwärmt, weißt du? Wenn ich das Wort Trekking höre, denke ich an gefährliche Zecken, schmerzhafte Fußblasen und … schleimige Bohnen aus der Dose. Meike nicht. Für sie bedeuteten ein paar Stunden oder Tage in der Natur Freiheit, atemberaubende Landschaften und das Gefühl, lebendig zu sein. Ich muss zugeben, dass die Fotos schon etwas Besonderes waren, die sie von ihren Reisen mit nach Hause brachte. Warum auch du mit zwanzig Kilogramm auf dem Rücken und einer Kamera, die so schwer ist wie ein Amboss, hergekommen bist, verstehe ich erst jetzt. Mir war das alles nicht vertraut. Der einzige Berg, den ich vor meiner Zeit in der Schweiz kannte, war der Kreuzberg mit seinen schlecht beleuchteten Transkneipen am Mehringdamm und den heruntergekommenen Dönerbuden türkischer Einwanderer. Berlin ist zwar eine grüne Stadt, aber in den Gärten und Parkanlagen ist man nie allein. Die jungen Leute kämpfen bereits im Frühling um wenige Quadratmeter Platz auf dem plattgedrückten Rasen. Sie müssen aufgerissene Chipstüten entsorgen und leere Pfandflaschen zur Seite schieben, die ein Obdachloser später in Aldi-Tüten einsammeln wird, bevor sie sich hinlegen und mit lauter Musik in fremde Welten träumen können. Irgendwann drehen sie dann doch die Lautstärke herunter und lauschen, während sie so tun, als würden sie ein Nickerchen halten. In Wahrheit geilen sie sich auf an den fremden Geschichtsfetzen über nervtötende Mitbewohner und unerfüllte Liebeswünsche, die sie in ihrem Kopf zu spannenden Abenteuern zusammenflicken. Und warum? Weil du in der Stadt zwar nie alleine, aber immer einsam bist. Du kannst zehn Jahre in einer beneidenswerten Altbauwohnung leben, und kein Nachbar wird merken, wenn dein toter Körper seit Wochen in der Badewanne liegt, weil du dir das Genick gebrochen hast. Und du weißt, nur der Gestank des verfaulten Obstes und deiner Verwesung wird die anderen dazu bringen, an deine Tür zu klopfen. So ist Berlin. Eine Stadt für die Einsamen und Ruhelosen. Du triffst dich zufällig in Kneipen, die du liebst, mit Leuten, die du hasst. Es werden Küsschen verteilt und Sprüche gemacht, die erst ab dem dritten Bier witzig werden. Du lachst mit ihnen und heimlich über sie. Ihr versprecht euch gegenseitig, dass ihr euch öfter melden werdet, aber du fragst nicht erneut nach der Telefonnummer, die du vor Monaten von deinem Handy gelöscht hast. Und dann, um fünf oder sechs Uhr morgens, stolperst du nach Hause, weil du aus dem Lokal rausgeschmissen wurdest, triffst auf einen Fuchs, der sich keinen Dreck für dich interessiert, und versuchst vielleicht, ein Fahrrad zu klauen. Da du aber zu betrunken bist, um das Fahrradschloss zu finden, zahlst du dir mit den letzten zehn Euro eine Kurzstrecke mit dem Taxi. Du lässt dich von einem Fremden die letzten Kilometer nach Hause fahren, der dich bereits innerlich verflucht, solltest du auf seinem Rücksitz kotzen. Nachdem du dem Taxifahrer gesagt hast, dass er dich an den Bruder erinnert, den du niemals hattest, zwängst du dich an einem jungen Paar vorbei, das vor deiner Eingangstür fickt, und schleifst dich die Treppen hoch zu deiner Wohnung. Du lässt dich auf dein Bett fallen und schläfst, nachdem du ein wenig an dir herumgefummelt hast und nicht zum Höhepunkt gekommen bist, in den nach Eckkneipe und

Nikotin riechenden Kleidern ein. Ja, so ist das Leben in der Großstadt."

„Klingt ja total nett", sagt Emma sarkastisch. „Wie viele Einwohner hat denn Berlin?" Sie legt sich in ihren Schlafsack, zieht den Reißverschluss hoch und setzt sich neben mich.

„Ich glaube, etwas mehr als drei Millionen. Und Göteborg?"

„Du wirst lachen." Sie stupst mich mit der Schulter an.

„Ach, sag schon. Zwei Millionen? Eine Million?"

Sie schüttelt den Kopf. „In Göteborg lebt ungefähr eine halbe Million Menschen."

„Wie süß. Es lohnt sich also für mich ja kaum, jemals dein Dörfchen zu besichtigen." Ich werfe Emma einen schelmischen Blick zu.

„Ich ignoriere jetzt deine freche Bemerkung und gehe davon aus, dass du mir damit etwas ganz anderes sagen willst. Du darfst mich gerne mal besuchen." Emma rutscht ein wenig näher. „Aber einsam fühlt man sich genauso wie in Berlin", fügt sie hinzu.

Und auf einmal geschieht es. Unsere Augen treffen sich. Nicht, dass dies nicht schon früher geschehen wäre. Doch diesmal ist es anders – ein Lächeln zeichnet sich ab. Die eine kann die Aufregung der anderen nur erahnen, sich wünschen, dass der zufällige Blick das Herz für einen Augenblick bewegt, bis die Verlegenheit hereinbricht.

„Was hat Göteborg Schönes zu bieten?", frage ich und beende das visuelle Erkundungsspiel.

„Lass mich überlegen … Es gibt einen Vergnügungspark mit diversen Attraktionen. Er ist im Sommer sehr beliebt. Und wenn du ein wenig experimentierfreudig bist, kannst du im Naturwissenschaftszentrum sogar Rochen streicheln."

„Das klingt sehr interessant.“ Ich lege mir demonstrativ die Hand vor den Mund und gähne.

„Dich kann man auch für gar nichts begeistern, was?“

Erst jetzt merke ich, dass Emma ihren Kopf auf meine Schulter gelegt hat.

„Ach, komm, spiel jetzt nicht die Beleidigte.“ Ich ziehe ihr die Wollmütze vors Gesicht und lege meinen Arm um sie. Emma schiebt die Mütze wieder hoch. Wir schauen uns erneut in die Augen, mustern uns. Vielleicht sind es die Lagerfeuer der anderen Camper in der Ferne, der Umriss vom Sälka-Berg in der Dunkelheit oder die beinahe unerträgliche Schönheit in Emmas Blick, die mein Herz beben lässt. Ich schließe die Augen; schon spüre ich Emmas Lippen auf meinen. Leicht salzig schmecken sie und kontrastieren Emmas süßlichen Geruch in meiner Nase. Mit der Zungenspitze erkundet Emma meinen Mund ganz vorsichtig, beinahe zögerlich. Ich ziehe sie enger an mich, erwidere das Zungenspiel, entlocke Emma einen leisen Seufzer.

„Emma … ich … kann nicht.“ Ich löse mich wieder aus der Umarmung und ärgere mich über mich selbst. Jetzt erst öffnet Emma die Augen, blinzelt mich an.

„Es … Es tut mir leid.“ Die Worte kommen nur mit Mühe aus ihr heraus. Emma schnippt ein Blatt von ihrem Schlafsack weg, macht den Reißverschluss wieder auf, wartet. Ja, worauf wartet sie denn?

„Wo willst du hin? Emma! Mir muss es leidtun, nicht dir!“, spreche ich leise. Mit Sicherheit weiß ich, dass sie mich nicht hört.

„Emma. Warte doch!“ Ich werde lauter.

„Ich muss mir ein wenig die Beine vertreten.“ Emma zwängt ihre schmerzenden Füße in die Wanderschuhe. Sie ist sichtlich genervt.

„Die Beine vertreten? Wir laufen den ganzen Tag! Wo willst du hin? Es ist dunkel."

Emma setzt sich eine Stirnlampe auf, ohne auf meine Frage einzugehen.

„Problem gelöst."

„Dann komme ich mit."

„Jemand muss auf die Sachen aufpassen."

„Niemand muss auf die Sachen aufpassen. Wir sind praktisch alleine. Bitte. Lass mich mitkommen."

Emma nickt. „In Ordnung. Aber mach bitte das Lagerfeuer aus."

Das lasse ich mir nicht zweimal sagen. Ich lösche das Feuer, hole mir einen dickeren Schal aus dem Zelt. Das Letzte, was ich jetzt brauche, ist eine Nachtwanderung. Der Hals kratzt. Die Fußsohlen brennen. Meine Innenschenkel sehen durch die Reibung bestimmt aus wie Tatar.

„Ich möchte nur schauen, was das für Leute sind." Emma zeigt auf einen flackernden Punkt in der Ferne. Eine singende Gruppe. Ich humple hinterher.

„Nicht so schnell!" Emma hört nicht. Will nicht hören.

Die Stimmen werden lauter, der helle Punkt immer größer. Meine Innenschenkel schmerzen. Die Leggins, die ich unter der Trekkinghose trage, fühlen sich mittlerweile hart an vom getrockneten Blut.

„He!", ruft einer, steht auf und kommt uns entgegen. Die anderen bleiben sitzen und winken uns zu, während sie weitersingen und sich am Feuer aufwärmen. Die Luft ist unangenehm feucht, dringt in die Kleidung, in die Haut ein. Es scheint niemanden zu stören.

Der junge Mann reicht uns die Hand. „Wollt ihr?", sagt er auf Englisch und hält uns einen Schokoriegel entgegen. Sein Akzent ist *very british.* Der Riegel auch. Mit Zuckerguss zusammengeklebte Erdnüsse. Ich strecke die Hand aus; Emma drückt mir den Arm wieder herunter.

„Wir brauchen nichts. Außer ein wenig Gesellschaft vielleicht.“ Sie zwinkert ihm zu. Er zurück.

„Kommt! Setzt euch hin, ich koche gerade Wasser für einen Tee.“

Der Kreis öffnet sich. Jemand organisiert zwei Decken. Emma und ich sitzen nun zwischen einer dicken Frau mit einer roten, zu ihrem Gesicht passenden Wollmütze und dem Typen mit dem Schokoriegel. Das Lied verstummt. Dann Gelächter. „Ich bin übrigens Warren, und das sind Trevor, mein Bruder Colin, Libby, Amber und Tim.“

„Was führt euch zu uns?“, fragt die dicke Libby amüsiert. In der Hand hält sie eine zerknitterte Landkarte, die sie nun weglegt. Mit einem sicheren Griff macht sie das Stirnlämpchen aus, um uns nicht weiter zu blenden.

„Wisst ihr …“ Ich werde unterbrochen.

„Wir haben euch singen hören. Und zu zweit langweilt man sich schnell.“ Emma wirft Warren erneut einen Blick zu. Er schmunzelt. Ein unangenehmes Kribbeln macht sich in meiner Magengegend breit.

Beide nehmen wir eine Tasse Tee an, singen die wenigen Lieder mit, die wir kennen, führen dazwischen Small Talk.

„Das ist das Schöne an solchen Reisen. Man lernt immer wieder neue, spannende Leute kennen“, sagt Colin und legt seinen Arm um Amber. „Wir sind wie eine große Familie“, fügt sie hinzu. „Wer nie dabei war, kann nicht verstehen, was es bedeutet, mit völlig Fremden und unserer Erde eins zu werden.“

Ich rolle mit den Augen, halte mich zurück.

Beim Zuhören erfahre ich nach und nach Erstaunliches über Emma. Dass sie beinahe schon die ganze Welt gesehen hat. Afrika, Nahost, Zentralasien. Um Bilder für sich oder diverse Auftraggeber zu schießen. Ich werde das Gefühl nicht los, dass Emma vielleicht ein wenig übertreibt.

„Ich bin beeindruckt." Warren reicht ihr eine frische Tasse Tee, berührt dabei ihre Finger. Sie lächelt mädchenhaft.

„Und du? Was hast du von der Welt gesehen?", werde ich gefragt.

„Berlin." Ich schlucke. „Und die Schweiz", schiebe ich hinterher.

„Ah ja … Ja, die Schweiz ist auch schön." Colin und die anderen wenden sich wieder Emma zu. Sie erzählt von Tel Aviv, von ihrem ersten Bombenalarm. So, als würde sie über ihren letzten Shopping-Trip berichten.

„Hattest du keine Angst?", frage ich.

„Nein. Warum hätte ich Angst haben müssen?"

„Ja, um dein Leben. Hattest du keine Angst um dein Leben?"

Emma zuckt mit den Schultern. „Wozu wäre das gut?"

Einen Augenblick lang wird es still.

„Ein echt taffes Mädchen!" Warren lacht auf. „Darauf müssen wir anstoßen!" Aus der Brusttasche zieht er einen Flachmann heraus. „Schließlich müssen wir uns ja etwas wärmen." Wieder zwinkert er Emma zu. Sie reicht ihm die Tasse, lässt sich Alkohol einschenken. Amber stimmt ein neues Lied an.

„Müssen wir nicht langsam wieder zurück?" Meine Ungeduld ist kaum zu verbergen. Ich habe keine Ahnung, wie lange wir schon hier sitzen, aber definitiv zu lange für meinen Geschmack.

„Wir sind gerade erst angekommen." Emma schaut mich nicht einmal an, reicht Warren nochmals die Tasse hin. Trinkt auf ex.

„Ich möchte auch." Ich komme Emma in die Quere, reiße Warren den Flachmann aus der Hand.

„He!"

„Entschuldige, Kumpel!" Ich trinke direkt aus dem Flachmann, leere ihn. *Was ist mit mir los?*

„Keine Sorge. Wo das herkommt, gibt's mehr." Warren steht auf, verschwindet in seinem Zelt. Ich überlege, ob ich die Gelegenheit nutzen soll, um näher zu Emma zu rutschen. Ich lasse es sein, als Emma mir einen giftigen Blick zuwirft. Es ist sowieso zu spät. Mit einer ganzen Flasche Wodka setzt sich Warren wieder auf seinen Platz. Alle halten die Arme hoch, jubeln. Was sind das für Menschen, die literweise Alkohol mit sich herumschleppen können, während ich unter dem Gewicht meines spärlich gepackten Rucksacks immer wieder zusammenbreche?

Bald ist auch die Wodkaflasche leer. Ich bin so müde, dass ich selbst die ganzen Schmerzen und die Kälte kaum noch wahrnehme. Gesungen wird schon lange nicht mehr; einige unterhalten sich noch. Ich nehme ein paar Gesprächsfetzen auf, die immer weniger Sinn machen.

Wie spät es wohl ist? Meine Augen fühlen sich an wie zwei Bleikugeln. Der Hals kratzt, die Glieder schmerzen. Die Nasenspitze fühlt sich nicht an wie meine eigene, wenn ich sie berühre. Der Himmel über meinem Kopf dreht sich.

Dann schrecke ich hoch. Schaue mich um. Erst jetzt fällt mir wieder ein, wo ich mich befinde. Bei Unbekannten in der Fremde. Mit Emma. Es ist ruhig geworden. Nur ein Feuerknistern. Libby ist verschwunden. Trevor, Tim – alle anderen sind vor dem Lagerfeuer eingeschlafen. Colin schnarcht so laut, dass er zwischendurch selber davon aufschreckt, um eine Sekunde später wieder einzunicken.

Wo ist Emma denn geblieben? Ein einziger Blick in Warrens Richtung, und mein Herzschlag wird auf einmal arrhythmisch. Es raschelt unter einem der Schlafsäcke. Ein Bommel blitzt für einen kurzen Augenblick hervor. Ich kenne diese Wollmütze. Eine Hand zieht den Schlafsack ein Stück herunter. Da liegen sie, zwei Menschen, die sich nur wenige Stunden kennen. Und küssen sich. So zärtlich. So vertraut. Die Einsamkeit der letzten Monate, die so viel Raum in meinem Leben eingenommen hatte und die Emma in den letzten Tagen zwar nicht ganz hatte verschwinden lassen, aber immerhin zu etwas Erträglichem verwandelt hatte, hagelt erneut auf mich herunter wie ein Steinregen. *Was machst du hier nur? Was hast du hier zu suchen?*

Möglichst geräuschlos stehe ich auf und suche meine Sachen zusammen. Warren flüstert Emma etwas zu. Dann ein leises Stöhnen. Der Rest der Truppe scheint nichts mitzubekommen. Oder interessiert sich schlichtweg nicht für das, was mir gerade so viel Unbehagen bereitet. Wörter wie *Schlampe* oder *Hurensohn* gehen mir durch den Kopf. Ich hasse diesen Kerl. Dann wird mir klar, dass ich keine Ansprüche haben darf. *Du kennst die Frau nur wenige Tage.* Es ist nicht nur Wut, die ich spüre. Jetzt erst wird mir bewusst, welch seltsame Wende diese Wanderung genommen hat. Ich, die diese Tour nur hinter mich bringen wollte, einfach hinter mich, um ein Versprechen einzulösen, um Meike eine Freude zu machen und dann wieder nach Hause zurückzukehren und mich endlich in Selbstmitleid zu suhlen, ja, ausgerechnet ich habe in der Einöde Gefühle der Eifersucht für eine andere Frau entwickelt.

Auf einmal will ich nicht mehr leise sein, will mich nicht weiter rücksichtsvoll zeigen. Ich schaue mich um, hebe dann etwas Silbernes vom Boden auf. Ich schraube den Flachmann auf, fülle ihn mit den letzten paar Tropfen Wodka, die noch übrig geblieben sind, und stecke ihn in die Jackentasche.

Es gibt unzählige Möglichkeiten, den Platz zu verlassen, und ich entscheide mich für die befriedigendste. Ich steige über die zwei sich Paarenden und verpasse einem der Körper einen Tritt in den Rücken. Warren schreit auf, unterbricht das Liebesspiel, flucht, aber ich bin schon in der Ferne und verstehe kaum, was dieser Arsch gerade ruft.

Mehr schlecht als recht finde ich mein Zelt wieder. Wütend versuche ich, etwas Chaos zu beseitigen, packe meinen Schlafsack und ärgere mich, weil ich ihn vor dem Zelt vergessen habe und er nun ganz feucht ist. Dann höre ich Schritte. Emma muss die Stirnlampe bei den anderen liegen gelassen haben. Sie stolpert beinahe in meine Arme, flucht, schnaubt. Es ist nicht klar, wer wen ins Zelt zerrt. Es rauscht und raschelt. Trekkingjacken, die sich aneinanderreiben. Wir lassen uns auf die Isomatten fallen. Die eine erkennt die Lust in der sichtbaren Kurzatmigkeit der anderen. Atemhauch, der sich vermischt. Wir wissen, wie sehr dieser Anblick uns erregt, und kämpfen uns durch die Kleiderschichten, bis nur noch warme Körper übrig sind. Emma steigt auf mich, und wir tun etwas, das für ein erstes Mal gewagt ist. Ich tappe nach meiner Taschenlampe. Meine Hand schließt sich um das kalte Metall und Emmas Hand um meine Finger. Emma neigt sich nach vorne, zeigt ihre Brüste und führt meine Hand zum Unterleib. Als sie sich auf und ab bewegt, wird das Stöhnen zu einem Schreien. Das Klatschen ihres Hinterns auf meinen Oberschenkeln wird auf einmal unerträglich. Unsanft stoße ich den mir noch unbekannten Körper herunter, greife nach der Taschenlampe, die noch in Emmas Leib steckt, und löse sie durch meine Zungenspitze ab. Emma zittert vor

Kälte, vor Lust. Die Atemwolke umhüllt den Akt, ohne ihn zu verhüllen. Ich lecke, schreie mich ins Jetzt zurück. Es ist, als würde ich das Leben selbst liebkosen. Wir sind nicht Frau und Frau mehr, nicht Körper und Körper. Wir sind Zeit, die sich auflöst.

Kapitel 17

Sälkastugan-Tjäkta (14 km)

Die Landschaft hat sich nach dem Tjäktapass verändert. Auf einmal geht es wieder bergauf, und die Riemen meines Rucksacks bohren sich ihren Weg in mein Fleisch. Die Wasserstellen sind verschwunden; im Großen und Ganzen strahlt die Gegend nichts Gastfreundliches mehr aus.

Emma ist immer noch schneller als ich, aber auch ihr merkt man langsam die Anstrengung der letzten Tage an. Wir legen mehr Pausen ein als zu Beginn der Reise, tauschen öfter Blasenpflaster aus, flicken unsere Körperteile mit buntem Tape zusammen. Immer wieder rauscht ein Helikopter über unseren Köpfen vorbei und sammelt diejenigen ein, die aufgeben mussten. Seit Emma mich begleitet, habe ich nicht mehr daran gedacht, selbst mit dem Wimpel zu wedeln.

Plötzlich muss ich an Thomas denken. Er war einen Tag später gestartet und ist bestimmt schon längst an uns vorbeigezogen. Vielleicht könnte er aber genauso gut aufgegeben haben. Schließlich ist er am Ende doch nur einer dieser Latte-macchiato-Trinker.

Ich genieße jeden Halt, den wir einlegen, damit Emma ihre Bilder mit der Kamera einfangen kann. Seit unserer Begegnung im Zelt beschränkt sie sich nur noch auf Technisches.

„Ich kann nicht mehr, Emma!"

„Wir sind gleich am höchsten Punkt des Passes. Der Kungsleden liegt an der Stelle 1140 Meter über dem Meer. Die Aussicht wird dich umhauen. Komm! Nicht schlappmachen."

Normalerweise hätte sie an dieser Stelle meine Hand genommen und mich hochgezogen, ein paar alberne Sprüche zu meiner Kondition gemacht und mich später umarmt, wenn ich völlig erschöpft unser Ziel erreicht hätte. Stattdessen läuft sie vor mir her, immer die Kamera in der Hand, schaut ab und zu zurück, um sicherzugehen, dass ich noch da bin und mir nicht etwa das Genick gebrochen habe, und ansonsten hält sie den Blick gesenkt, als ob das Geröll irgendwelche spannenden Geheimnisse in sich trüge, die sich mir nicht offenbaren wollen.

Auf der anderen Seite des Tjäkta-Passes ist die Landschaft wieder viel freundlicher. Der Weg führt uns weiter über zahlreiche Stege; in der Ferne ist eine kleine Hütte zu erkennen.

„Und was wollen wir tun?", fragt Emma plötzlich.

„Was meinst du damit?" Mein Herz setzt für einen Augenblick aus. *Was soll ich denn darauf antworten?*

„Wenn ich die Karte richtig ablese, sind es noch circa zwei Kilometer bis zum nächsten Checkpoint."

„Zwei Kilometer schaffe ich noch", antworte ich erleichtert. „Und du?"

„Ich auch. Wir befinden uns nicht weit vom Bach Sielmajiira. Wir könnten auf einem der Felsen eine Rast einlegen, eine Kleinigkeit essen und nach dem Checkpoint auf dem Weg nach Alesjaure einen Zeltplatz suchen."

Ich widerspreche nicht. Wenn ich eines in diesen letzten Tagen gelernt habe, dann, niemals Emma zu widersprechen, wenn es um die Planung der Wanderstrecken geht.

„Ich denke, hier können wir bleiben“, stellt sie fest und packt ein paar Eiweißriegel aus.

„Ich kann das Zeug nicht mehr sehen.“

„Das *Zeug* ist aber gut für deinen Körper“, sagt sie weiter, und ich stelle fest, dass sie ein wenig wie Meike klingt.

Kapitel 18

Kliniken sind schrecklich. Entweder kommen dir Menschen entgegen, die sich mehr im Jenseits als im Diesseits befinden, und du denkst: Wird es auch so weit kommen? Wartet genau dieser Zerfall auf uns? Oder es laufen Menschen an dir vorbei, die dich anstrahlen, weil es Hoffnung gibt für sie und sie es dich wissen lassen wollen. Und dafür hasst du sie.

Ich machte einen großen Bogen um den Kiosk, von dessen verstaubten roten Stoffherzchen und Teddybären mit hässlichen Aufschriften wie *Es wird bald wieder die Sonne scheinen* ich mich belästigt fühlte, und begab mich zum Fahrstuhl. Dritter Stock, Zimmer 307 der Onkologie-Abteilung. Als ich die Tür erreichte, stand sie ein Stück weit offen.

„Alex? Bist du es?“, krächzte es leise.

Ich betrat sogleich das Zimmer, näherte mich dem Bett und erschrak. Meike sah gar nicht gut aus. Bleich, erschöpft, abwesend.

„Die Ärzte sagen, es ist alles gut gelaufen.“ Ich nahm vorsichtig ihre Hand, stellenweise blau angelaufen von den Kathetern.

„Hab ich viel geschlafen?“

„Ein paar Stunden. Aber sie haben dich ja auch mit tollen Sachen vollgepumpt, woum ich dich gerade sehr beneide.“

Es zeichnete sich ein Lächeln auf ihrem Gesicht ab, während ich mit den Tränen kämpfte.

„Mir ist übel.“

„Bestimmt die Nachwirkungen der Narkose. Möchtest du dich noch ein wenig ausruhen?“

„Ich muss meine Kunden benachrichtigen.“

„Du musst jetzt gar nichts, außer dir Zeit für dich nehmen.“

„Alex, ich kann nicht alles so stehen lassen.“

„Ich kümmere mich drum.“

„Du hast schon selbst viel um die Ohren.“

„Gina hilft mir. Wir haben die meisten eh schon benachrichtigt.“

Meike wandte den Blick ab. Eine Träne kullerte ihre Wange herunter, doch ich wusste, dass sie für die Hilfe dankbar war.

„Ich habe Jahre gebraucht, um mir das alles aufzubauen. Jahre. Und jetzt rauscht das Leben wie ein Zug an mir vorbei und macht alles platt“, sagte sie, ohne mich anzuschauen.

Da ich nicht wusste, was ich darauf antworten sollte, blieb ich still und streichelte ihr Gesicht, bis sie einschlief.

Ich nutzte die Gelegenheit, nach Hause zu fahren, um eine Tasche für Meike zu packen und um Tao Tao zu füttern, der sich nur schwer an die neuen Umstände gewöhnen konnte und seit Neustem die Einrichtung zerstörte, wenn er alleine war.

Die folgenden Nächte bis zu Meikes Entlassung aus der Klinik verbrachte ich auf einem Sessel neben ihrem Bett. Mehr konnte ich nicht tun, außer da zu sein, sie zu stützen und ins Bad zu begleiten, ihr zwischendurch ein Taschentuch oder ein Glas Wasser zu reichen und den Nachtisch aufzuessen, den sie nicht wollte.

Nach der Operation begann auch gleich die medikamentöse Therapie mit Tyrosinkinase-Hemmern zu Hause, die aus Meike einen ganz anderen Menschen machte. Nebst der Müdigkeit und Übelkeit litt Meike nun an Durchfall und Bluthochdruck, hatte einen Hautausschlag bekommen und innerhalb weniger Wochen ausgebleichte, nahezu komplett weiße Haare. In nur zwei Monaten war sie um Jahre gealtert. Von ihrem schönen, leuchtend roten Haar war nichts mehr zu sehen. Ich konnte nur erahnen, welche Auswirkungen der langsame Zerfall ihres Körpers auf Meikes Selbstbild haben musste.

Der Sex an jenem Tag, bevor ich Meike in die Notfallstation fahren musste, sollte unsere letzte intime Begegnung sein. Die Medikamente, der Krebs an sich hatten Meikes Lust getötet. Doch ich war mir sicher: Selbst wenn sie noch das Begehren gespürt und die Kraft dazu gehabt hätte, diesem nachzugehen, sie hätte dennoch nicht mit mir geschlafen, weil sie sich nicht mehr schön fand. Ich muss zugeben, ich selbst musste mich an Meikes neues Erscheinungsbild gewöhnen, und meine größte Angst war, dass ich eines Tages nicht mehr damit klarkommen würde. Ich schämte mich für meine Gedanken, und dennoch befürchtete ich, die Frau, der ich meine Treue und Loyalität sowohl in guten als auch in schlechten Zeiten versprochen hatte, eines Tages nicht mehr stützen zu können.

Wir kamen nicht umhin, getrennte Schlafzimmer einzurichten. Zu behaupten, ich sei Meike lästig geworden, wäre übertrieben gewesen. Allerdings fühlte sie sich in meiner Anwesenheit schon lange nicht mehr wohl. Sei es, weil sie, wie ich vermutete, nicht wollte, dass ich sie und ihre Krankheit jederzeit vor Augen hatte, sei es, weil irgendwann jede meiner Bewegungen im Bett bei ihr Schmerzen auslöste. Mit jedem neuen Morgen, an dem ich ihr Zimmer betrat, um ihr aus dem Bett zu helfen, sie bei der Einnahme der Tabletten zu unterstützen oder einfach nur bei ihr zu sein, stellte ich das rasante Fortschreiten der Krankheit anhand der sichtbaren Veränderungen in ihrem Gesicht fest. Meikes grüne Augen, nur sie blieben unverändert, auch wenn sie das Leuchten und den Glanz verloren hatten, den gesunde Menschen üblicherweise ausstrahlen.

In der Luft roch es schon nach Herbst. Sehr bald wären die ersten Blätter gefallen, und die Zürcher nahmen langsam Abschied von den letzten Sommertagen. Die Luft war noch angenehm warm, genau richtig, um am See zu sitzen und ein Bier zu trinken, ohne dabei unangenehm zu schwitzen.

Solche Tage stimmten mich traurig, denn Meike schaffte es kaum noch, sich aus dem Haus zu bewegen. Die Metastasen in ihrer Lunge erschwerten immer mehr ihre Atmung. Nur mit Mühe und Not hatten wir es einmal geschafft, Meikes Lieblingseisdiele aufzusuchen, wenige Schritte von der Wohnung entfernt. Den Becher ließ Meike auf dem Metalltischchen stehen, bis das Limonensorbet in der Sonne zu einem klebrigen Sirup geschmolzen war.

„Hast du keinen Appetit?“

Sie machte eine langsame Bewegung, die ich als Kopfschütteln deutete.

„Möchtest du nach Hause gehen? Oder lieber noch ein wenig die Sonne genießen?“

Sie nickte. Eine ganze Weile blieben wir wortlos sitzen. Meike schnappte schwer nach Luft, den Kopf wie eine Sonnenblume zur Sonne gerichtet. Ich beobachtete ihren Brustkorb, der sich unter dem feinen Baumwolloberteil mühsam auf und ab bewegte.

„Möchtest du wieder nach Hause gehen?“

Ich half Meike aus dem Stuhl. Sie klammerte sich so gut sie konnte an meinen Arm.

„Ich kann nicht mehr, Alex."

„Sollen wir eine Pause einlegen? Wir können uns kurz auf dieses Mäuerchen hier setzen."

Sie schüttelte den Kopf. „Das meine ich nicht." Sie fügte nichts weiter hinzu.

Ich konnte nur erahnen, wie sich Meike fühlen musste. Aber was blieb ihr anderes übrig, als diese hässliche Krankheit, die ganzen Schmerzen, dieses harte Todesurteil hinzunehmen?

„Komm, wir sind gleich da."

Mühsam half ich ihr, die Stufen hochzugehen bis zur Wohnung, half ihr, sich auszuziehen und etwas Bequemeres auszusuchen, legte sie ins Bett, deckte sie zu, wartete, bis sie eingeschlafen war. Das war alles, was von unserem Eheleben übrig geblieben war. Eine Art Trümmerhaufen im Krieg gegen den Krebs. Ich ließ sie alleine, schloss die Tür hinter mir und widmete mich dem Haushalt. Meistens schlief der Kater bei Meike im Bett. Ich bildete mir ein, dass Tao Tao wusste oder zumindest spürte, so wie es Tiere auf ihre Art tun, was mit uns gerade passierte, und dass er fühlte, mit Meike stimmte etwas nicht.

Heute aber schlich er um meine Beine und schnurrte pausenlos, so dass ich ganz besonders darauf achten musste, nicht über seinen kleinen, pelzigen Körper zu stolpern. Als ich mit den Arbeiten fertig war, nahm ich das Telefon in die Hand und rief John an, den ich außerhalb der Arbeitszeiten im Studio nur noch selten traf.

„*Hey, girl!* Wie geht es dir?" Johns Stimme klang wie immer entspannt. Ihn konnte kaum etwas aus der Fassung bringen.

„Den Umständen entsprechend gut."

„Du bist eine tapfere, junge Frau."

„Danke, aber das bin ich nicht."

„Was ist?“, fragte John genauer nach, und ich hörte Verunsicherung aus seiner Stimme heraus.

„Es ist alles nicht so leicht.“ Ich machte eine Pause. Sollte ich so etwas Schreckliches wirklich aussprechen? Und dann erzählte ich John von meinen Befürchtungen, von der Tatsache, dass ich mich überfordert fühlte mit allem. Mit Meikes Körper, der sich mit jedem Tag veränderte, mit der schweren, drückenden Stimmung zu Hause. Mit der Hoffnungslosigkeit und der harten Realität, dass es nur noch darum ging: Um die Krankheit, um den Tod, um die Resignation, aber nicht mehr um uns. Und ich hatte Mühe, mir selbst zuzugestehen, dass ich befürchtete, Meike nicht länger eine Stütze sein zu können. Aber das sagte ich John nicht.

„Rede keinen Bullshit“, erwiderte John in hartem Ton. „Der Mensch ist stärker, als er denkt.“

Ich fragte mich, ob ich denn in der Pflicht war, stark zu sein. Ich fragte mich, ob ich nicht auch schwach sein durfte in einer Situation, die ich mir nicht ausgesucht hatte und die mich völlig überforderte.

„Lass uns über etwas anderes reden. Ich brauche Ablenkung.“ Kaum hatte ich den Satz ausgesprochen, hörte ich unbeschreibliche, schreckliche Laute aus Meikes Schlafzimmer meine Ohren durchdringen.

„Ich muss aufhören!“ Ich legte auf und stürmte zu ihr. Sie lag auf dem Bett, den Kopf rot angelaufen. Ihre Augen quollen aus den Augenhöhlen heraus, so stark war die Anstrengung, während sie nach Sauerstoff schnappte. Das Röcheln und Husten waren Geräusche, die mich später monatelang in meinen Albträumen begleiten würden. Ich rannte zurück zum Telefon, in der Hoffnung, dass uns Hilfe noch rechtzeitig erreichen würde.

Kapitel 19

Nach diesem schrecklichen Vorfall war Meike von nun an auf eine Sauerstoffflasche angewiesen. Sie war an jenem Tag, als ich sie in diesem dramatischen Zustand vorfand, beinahe erstickt. Es hatte sich Flüssigkeit in ihren Lungen angesammelt, eine Nebenwirkung der Metastasen, die mit jedem Tag größer wurden. Ich begleitete sie, wann immer ich es konnte, zur ambulanten Behandlung in die Klinik, solange es möglich war, weiterhin zu Hause zu sein. Ich ertrug ihr Wimmern kaum, als sie während der Prozedur, in der ihr die Flüssigkeit aus der Lunge gepumpt wurde, vor sich hin weinte und ich dabei die Tapfere spielte und ihr den Rücken streichelte. Ich hoffte, dabei nicht bewusstlos zu werden, obwohl ich in diesen Momenten gerne ganz woanders gewesen wäre. Überall, nur nicht in diesem Zimmer voller Schmerz. Ich fühlte mich zugleich wie ein Arschloch, weil Meike sich in keiner Weise diesem Leid entziehen konnte.

Das Hin und Her zwischen Wohnung und Klinik sollte allerdings nur wenige Wochen dauern. Schon bald vermehrte sich das Wasser in ihren Lungen in rasanter Geschwindigkeit. Die Tage, die Meike zu Hause verbrachte, wurden immer weniger, dafür nahmen die Aufenthalte von mehreren Tagen in spezialisierten Kliniken zu.

Ich schämte mich für meinen albernen Vergleich, aber als ich Meike das erste Mal nach dem letzten großen Eingriff sah, musste ich an Dr. Otto Octavius in den Spiderman-

Comics denken. Sie war zu einem Cyborg geworden. Zwei Schläuche, so dick wie diejenigen, die man im Garten zum Wässern nutzte, ragten seitlich aus ihrem Körper heraus, angeklebt mit handbreiten Pflastern. Am Ende jedes Schlauchs befand sich ein kleiner Motor, der vor sich hinsummend eine gelblich-braune Flüssigkeit aus Meikes vollen Lungen herauspumpte. So lag Meike auf dem Bett, auf jeder Seite eine Pumpe auf dem Boden stehend, und weinte leise.

„Hallo, mein Spatz", flüsterte ich und näherte mich vorsichtig. Wann hatten wir mit den Kosenamen angefangen? Jeder Schritt fühlte sich an, wie auf gefährlichen Scherben zu gehen. Behutsam nahm ich ihre Hand, von den Infusionen mit blauen Hämatomen übersät. Ich suchte vergeblich ihren Blick, Meike starrte geradeaus auf den ausgeschalteten Fernseher an der Wand.

„Gina hat versucht, dich anzurufen. Sie hat mir geschrieben, dass du dich nicht meldest. Sie macht sich Sorgen."

Keine Regung.

„Meike?" Ich traute mich kaum, ihren Namen auszusprechen. Das war Meike, die neue, todkranke Meike. Kaum etwas erinnerte noch an die Frau, die ich vor vier Jahren kennen- und lieben gelernt und für die ich eine Großstadt wie Berlin verlassen hatte. Die *kranke Meike*. Die zwei Wörter gehörten mittlerweile unweigerlich zusammen. Ich setzte mich auf den abgenutzten, aber bequemen Sessel neben ihrem Bett und ließ ihre Hand wieder los. Ich hatte schnell verstanden, dass es in Situationen wie diesen das Schweigen auszuhalten galt. Das leise Surren der Pumpen wurde penetranter, je mehr ich mich davon abzulenken versuchte. Ich richtete meine Aufmerksamkeit auf den Krankenhausbetrieb, der von außen stumpf ins Zimmer drang. Stimmen von Pflegefachkräften, das Rollen der Essenswagen, das klirrende Geräusch herunterfallenden Bestecks.

„Was steht denn heute Leckeres auf dem Speiseplan?“, brach ich irgendwann das Schweigen.

„Ich mag heute nichts.“

„Bist du sicher? Möchtest du es nicht einmal probieren?“

„Ich sagte, ich möchte nicht.“

„Wenigstens etwas Kleines? Damit du die Tabletten besser verträgst?“ Ich stand auf, öffnete die Tür und ging in den Korridor. Einen Augenblick später kam ich mit einem Proteinshake zurück.

„Den magst du doch“, sagte ich triumphierend und legte den Plastikbecher auf die Ablage. Meike nahm ihn in die Hand, was mich sehr erfreute, betrachtete ihn von allen Seiten und warf ihn überraschend gegen die Wand.

„Was ist denn mit dir los?“ Ich sprang vom Sessel auf.

Sie hatte mit so viel Wucht geworfen, dass das dickflüssige Getränk sich als rosafarbener Klecks an der Wand wie ein riesiges Netz ausgebreitet hatte und nun langsam bis zum Boden heruntertropfte.

„Verschwinde, verschwinde endlich!“, brüllte Meike mehrmals hysterisch. „Zum Teufel mit allem. Ich will nicht mehr!“

Ich war schockiert. Weniger über Meikes Wutausbruch als darüber, dass sie eine schon lange verloren geglaubte Energie zutage brachte.

„Bist du verrückt?“

„Ich bin nicht verrückt. Ich möchte das hier alles einfach nicht mehr mitmachen.“

„Das kannst du aber nun mal nicht ändern“, erwiderte ich, während ich nach einem Lappen oder Schwamm zum Aufwischen suchte.

„Ich möchte sterben."
„Das möchtest du nicht wirklich."
„Hör auf, mich zu bevormunden."
„Und du hör auf, so etwas zu sagen!", brüllte ich Meike nun an.
„Ich muss dir etwas sagen."
Erfahrungsgemäß wusste ich, dass Sätze, die so begannen, nie etwas Gutes nach sich zogen.
Meike zeigte auf eine Schublade und bat mich, sie zu öffnen. Ich nahm einen Stapel Papiere in die Hände: Broschüren, Flyer, lauter Dokumente.
„Was ist das?"
„Ich habe Check-Out kontaktiert."
„Die Sterbehilfeorganisation?"
„Ja", seufzte Meike.
„Das kannst du nicht machen. Du bist feige", sagte ich wütend. Die Papiere zitterten in meinen Händen, und ich wurde lauter: „Nur Feiglinge gehen zu Check-Out."
„Ich möchte das aber so, und es ist mir egal, was du über mich denkst. Ich ertrage meinen Körper nicht mehr. Die Schmerzen, die Angst, dass ich nie weiß, wann es endlich aufhören wird. Es muss sich etwas ändern."
„Ja, das muss es."
Für eine Weile war es wieder unerträglich still im Zimmer. Dann fuhr Meike fort: „So kann es nicht weitergehen. Ich habe darüber nachgedacht … Alex, ich liebe dich. Das tue ich wirklich." Dieser Satz ließ mich schwer schlucken. „Aber … Ich kann nicht. Ich kann nicht auf andere Rücksicht nehmen. Nicht in diesem Zustand."
„Andere? Meike, es geht hier auch um mich, um deine Partnerin. Ich bin auf dich angewiesen."
„Ich kann dich verstehen … deine Bedenken, deine Bedürfnisse, deine Ängste. Ich kann alles, was du mir

sagst, nachvollziehen. Ich fühle mich wie ein Monster, weil ich … weil ich so viel von dir verlange."

Ich nickte nur, und Meike, sie redete in ruhigem Ton weiter.

„Diese Sache ist etwas, was ich alleine entscheiden musste. Und das habe ich getan, schon vor zwei Wochen. Ich habe viel Zeit dafür gebraucht, und es war mein Fehler, von dir zu erwarten, dass du mich sofort verstehst. Dass du mich überhaupt verstehst." Ich versuchte, mich zu beruhigen, atmete langsam ein und aus, setzte mich hin und sagte nichts.

„Wir haben uns ein Versprechen gegeben. Damals haben wir uns gegenseitig geschworen, dass wir in guten wie in schlechten Zeiten …"

„Ich weiß", schluchzte ich.

„Du bist meine Frau, Alex. Und solange du das bist, wünsche ich mir deine Unterstützung."

„Ich möchte dich ja unterstützen! Es gibt so viele neue Therapien und Ärzte, die sich mit diesem verdammten Krebs gut auskennen, und ich reise überall mit dir hin, wenn …"

„Stopp!" Ihre Stimme klang bestimmt: „Du weißt, dass wir alles probiert haben. Wir haben diverse Therapien getestet, ich nehme Tabletten, die mich völlig fertig machen, und die Operationen waren auch kein Spaziergang. Und wir beide wissen, dass es keine Heilchancen gibt. Wir können diesen unerträglichen Zustand nur künstlich verlängern."

Ich konnte ihr nicht widersprechen.

„Es gibt nichts mehr, was wir tun können", fuhr Meike fort. Ich streichelte ihren bandagierten Handrücken mit dem Daumen. Die Tränen verwischten das Bild.

„Es gibt nur eine Sache, in der du mich unterstützen kannst … Du musst mich gehen lassen."

„Nein!", kam es ungewollt aus mir heraus.

„Alex … Ich kann mir vorstellen, was in dir vorgeht. Wenn ich mir die Situation andersrum überlege … Wenn du mich um meine Zustimmung bitten würdest, zu Check-Out zu gehen, dann würde ich wahrscheinlich auch so wie du reagieren. Wer will schon die Partnerin …" Meike machte eine Pause.

„Du fühlst dich verletzt. Du denkst, dass ich dich nicht genug liebe. Oder dass unsere Liebe für mich nicht Grund genug ist, es weiter zu probieren. Aber es gibt nichts mehr, was mir helfen könnte. Keine Therapien, keine Operationen … Und selbst wenn: Ich möchte nicht weiter mit der Angst leben müssen, nachts qualvoll zu ersticken!"

Wenn ich darüber nachdachte, welche Schmerzen Meike bisher hatte aushalten müssen. Die Bilder der letzten Wochen zogen an meinem inneren Auge vorbei. Ich bekam Gänsehaut.

„Ich hoffe zutiefst, dass du Verständnis für meine Entscheidung aufbringen kannst … Irgendwann. Und wenn du das nicht kannst … Dann … müssen wir getrennte Wege gehen."

„Was? Du willst Schluss machen?" Ich war schockiert, obwohl mir der Gedanke beim Gespräch mit John auch gekommen war. Nur hatte ich ihn schnell verdrängt und mich zutiefst dafür geschämt.

„Nein. Ich will nicht Schluss machen. Alex, ich liebe dich, ich kann es gar nicht oft genug sagen. Aber wenn wir zusammen sind, wünsche ich mir, dass du meine Entscheidung akzeptierst. Auch wenn ich im Grunde genommen genauso nicht das Recht dazu habe, dir etwas vorzuschreiben, wie du mir nichts aufzwingen darfst. Ich möchte und darf dir nicht sagen, dass du mir zur Seite stehen sollst. Ich kann nur hoffen, dass du es tust. Aber wenn du es dir nicht von selbst zumutest, was ich verstehen kann, dann … ist es vielleicht besser, wenn wir …"

„Du setzt mich unter Druck", fauchte ich sie an. „Du erpresst mich. Entweder stimme ich deinem … deinem Vorhaben zu oder …"

„Und du setzt mich nicht unter Druck? Seit wir dieses Gespräch begonnen haben, geht es nur um dich. Um deine Wünsche, deine Bedürfnisse, deine Befindlichkeiten. Du bestimmst an meiner Stelle, ob diese verfluchten Schmerzen für mich erträglich sind oder nicht. Du willst beurteilen, ob mein Leben noch lebenswert ist oder nicht! Du möchtest mir ein Leben aufzwingen, das nicht mehr meins ist. Ein Leben, das nichts, aber auch gar nichts mit der alten Meike zu tun hat. Schau dir das an, schau dir das genau an, Alex!" Sie raufte sich die weißen Haare, die sich büschelweise zwischen ihren Fingern sammelten.

„Aber eins sage ich dir, Alexandra Roth. Die Entscheidung steht fest. Daran gibt es nichts zu rütteln. So hart das klingen mag: Ich werde diesen Schritt auch ohne dich machen. Weil es mein Leben ist, meine Schmerzen und mein verdammtes Leid."

„Meike, du …"

„Lass mich ausreden. Denkst du, ich wäre nicht in der Lage, mir die Pulsadern aufzuschlitzen, mich mit Medikamenten vollzupumpen oder aus dem Fenster zu springen? Denkst du, ich hätte nicht den Mut dazu?"

Ich schluckte.

„Ich könnte es jederzeit tun. Wenn du einkaufen gehst, im Studio fremde Körper tätowierst oder dich irgendwo mit John aufhältst. Aber ich tue es nicht, weil es für mich nicht der richtige Weg ist. Ich möchte friedlich und in Ruhe sterben. Und wenn möglich, nicht alleine …" Sie hatte in einem Zug alles gesagt, was sie zu sagen hatte. Zu behaupten, dass mich ihre Worte wie eine Ohrfeige getroffen hatten, war untertrieben. Ich hatte die ganze Zeit Meikes Hand gehalten, ihren Handrücken gestreichelt, als ob sie dabei war, mir ein Märchen zu erzählen. Aber es war eine Horrorgeschichte. Jetzt ließ ich sie los. Ich brauchte Abstand, ganz viel Abstand. „Meike, ich ...“ Mein Kopf fühlte sich wie ein Bienenstock an. Ich stand auf, doch bevor ich das Zimmer verließ, drehte ich mich zu Meike um.

„Du bist auch unglaublich egoistisch, Meike. Du hast es selbst gesagt: Wir haben uns vor Jahren das Ja-Wort gegeben. Wir haben die Verantwortung füreinander übernommen. Wenn du dir deinen Todestag selber aussuchst, ist das nichts, was du mit dir alleine ausmachen kannst. Und was ist mit unseren Familien, unseren Freunden? Du hättest wenigstens mich von Anfang an mit einbeziehen sollen. Von Anfang an! Nicht erst, nachdem in deinem Kopf alles entschieden und abgeschlossen ist und du nur noch die Papiere aus der Schublade holen musst. Du kannst nicht von mir erwarten, dass ich sofort akzeptiere, wofür du Monate gebraucht hast. Während du später mit Zerberus Gassi gehst, muss ich jeden verfickten Tag mit dieser Entscheidung leben. Alleine. Das ist Egoismus, Meike.“

„Was ist denn hier passiert?“ Auf einmal stand ein Pfleger im Raum und wunderte sich über das Chaos.

„Nichts. Meine Frau möchte jetzt gehen“, sagte Meike trocken, ohne mich weiter anzuschauen.

„Haben Sie Frau Janowsky verärgert?“, fragte er mich mit einem verschmitzten Lächeln.

„Melde dich, wenn du der Menschheit keine Zumutung mehr bist“, warf ich Meike vor, ohne auf den sichtlich amüsierten Pfleger einzugehen.

Aufgebracht fuhr ich ins Erdgeschoss. Sterben. Was für ein alberner Gedanke. So viele Patienten kämpften. So viele wollten leben, ließen Operationen und Therapien über sich ergehen und zeigten sich dankbar für jeden kleinen Erfolg, wie schmerzhaft er auch sein mochte. Warum konnte Meike nicht so sein? Warum ließ sie sich nicht helfen? Warum nicht von mir, die ich ihr nahe stand?

Ich beschloss, nicht sofort nach Hause zu fahren. Das fehlte noch, dass ich aufgewühlt, wie ich war, an der nächsten Kreuzung gegen ein Auto fuhr. Ich begab mich deshalb zum nächsten Automaten und holte mir, wie ich hinterher feststellte, einen viel zu süßen Cappuccino. Ich schlich zur Cafeteria und setzte mich an einen freien Tisch. Zur Mittagszeit war es laut geworden. Patienten gingen in Scharen an mir vorbei oder ließen sich auf dem Rollstuhl von ihren Angehörigen schieben. Eine Szene stach aus dem Trubel heraus. Ich beobachtete einen kleinen Jungen, dessen Alter ich schlecht abschätzen konnte. Ich sah zu, wie er eine ältere Frau umarmte, und ich vermutete, dass es seine Großmutter war. Er ging so selbstverständlich mit ihr um, mit dieser Frau, die, apathisch und abwesend wirkend, mehr tot als lebendig war. Er drückte ihr mehrmals einen Kuss auf die Wange, rannte in einem großen Kreis um den Rollstuhl herum und legte ihr abschließend sein Stofftier auf den Schoß, so als wollte er damit ein Ritual beenden.

Meine Beobachtung wurde von der Vibration in meiner Hosentasche unterbrochen.

Du hast vollkommen recht: Ich bin eine Zumutung für die Menschheit. Du solltest mich nicht so sehen. Bist du schon unterwegs? Ich liebe Dich. M.

Ich überlegte nicht lange und tippte zwei Buchstaben zurück. Nach der Versandbestätigung trank ich den Cappuccino aus, kramte den Autoschlüssel aus der Tasche heraus und bewegte mich zum Klinikausgang.

Kapitel 20

Plötzlich hatte unsere Liebe den bitteren Beigeschmack des Verrats erhalten. Sie fühlte sich falsch und entehrt an. Sie war nicht mehr *meine* oder *unsere.*

Nach dem, was in Meikes Krankenzimmer geschehen war, fuhr ich nach Hause, nahm einen Hoodie aus dem Schrank – den ersten, der mir in die Hände fiel, als ich die Schiebetür öffnete und das Chaos mir entgegensprang.

Der Schlüsselbund klimperte, als ich die Wohnungstür aufschloss, um rauszugehen, und wie ein Pawlow'scher Hund reagierte Tao Tao auf das vertraute Geräusch. Er rannte den Flur entlang und schlich auf so penetrante Weise um meine Beine, dass ich beinahe umgefallen wäre, hätte ich mich nicht an der Wand abgestützt. Ich erkämpfte mir einen Weg zurück in die Küche und schimpfte mit dem unersättlichen Kater, der ganz ungeduldig zu miauen begann. Mit einem Hähnchen-Stick lenkte ich ihn ab und bewegte mich wieder zur Tür.

Als ich auf die Straße trat, brannte die Sonne auf mein Gesicht. In meiner Vorstellung bekamen Menschen schlechte Nachrichten immer an regnerischen, stürmischen Tagen. Ich nicht. Wenn man sich konzentrierte und nicht auf die brummenden Motoren vorbeifahrender Autos achtete, konnte man auch ein paar Vögel zwitschern hören. Noch war der Herbst nicht angebrochen. Ein Fußgänger nach dem anderen ging an mir vorbei. Jeden Einzelnen musterte ich, jedem schaute ich direkt ins Gesicht. *Kannst du erkennen, dass mein Leben eine Pusteblume ist?*

Freudestrahlend hüpften mir Schulkinder mit entzückenden Schulranzen entgegen, sangen Lieder wie *Oh du goldigs Sünneli* und trugen sich gegenseitig vor, wie sie den freien Nachmittag verbringen würden. Ich war zutiefst entsetzt. Über ihre Unbeschwertheit. Über die Sorglosigkeit der Welt.

Vor einem Buchantiquariat blieb ich eine ganze Weile stehen. „3 für 5 Franken" stand auf einem handgeschriebenen alten Pappkarton. Ich wühlte in den modrigen Holzkisten und erschrak, als mir eine Motte entgegenflatterte. Ich überflog die Klappentexte, ohne sie wirklich zu lesen, und ging wortlos, als mich die Buchhändlerin ansprach.

Spontan stieg ich in eine Tram ein – oder wie die Schweizer zu sagen pflegen, *das* Tram – und fuhr Richtung Bahnhof Tiefenbrunnen erst die Badenerstraße, dann die Sihlstraße herunter, vorbei am Bezirksgericht bis zum Bellevueplatz. Studenten hatten die Nachmittagsvorlesungen geschwänzt, um am See die Seele baumeln zu lassen. Das schlechte Gewissen zwang den einen oder anderen dazu, Søren Kierkegaard oder Michel Foucault mitzunehmen. Jeder wusste, dass die Bücher geschlossen bleiben würden.

Ich lief am Wasser entlang, ziellos. Immer weiter. Ein Jugendlicher, den ich angerempelt hatte, weil ich nicht ausweichen wollte, warf mir nach dem ersten Schreck fluchend eine leere Bierflasche hinterher, die auf dem Asphalt zerschellte.

Daraufhin tat ich alles, was ich schon immer tun wollte: Ich kaufte ein Vanille-Eis, weil ich Vanille hasse, und warf es unangetastet weg. Ich brüllte eine alte Frau an, weil sie mich deswegen angestarrt hatte. Und ich mietete mir ein gelbes Pedalo. Alleine.

Stunden waren vergangen seit meiner Flucht. Ich beobachtete fauchende Schwäne, die sich am Ufer um ein

Stück Trockenbrot stritten. Ich nahm das Summen der Spielzeugboote auf dem Wasser wahr und die Djembé-Spieler in der Ferne. Ich zog Schuhe und Socken aus und ließ meine Füße so lange im kühlen Wasser, bis sie taub wurden.

Als ich das Pedalo zurückgab, packten die ersten Jungeltern bereits ihre Sachen und zerrten den schreienden Nachwuchs nach Hause.

Ich eilte den ganzen Weg zurück. Das Eis, das ich weggeworfen hatte, war geschmolzen, die Waffel zerbrochen. Spatzen hatten sich darüber hergemacht. Glasscherben knirschten unter meinem Schuh. Die meisten hatten ihre Sachen bereits gepackt und die Parkanlage verlassen. Am Bahnhof Stadelhofen standen die Studenten vor einem Geldautomaten Schlange, die jungfräulichen Kierkegaard und Foucault im Jutebeutel verstaut. Sie verabredeten sich per iPhone zu einem Bier irgendwo in Wollishofen, um dennoch über die Erkenntnis der Wirklichkeit und die Geburt des Gefängnisses zu diskutieren. Am Ende würden sie dann doch nur an der Glasflasche nuckeln und aus dem politischen Spruch auf der Öko-Stofftasche eine Staatsaffäre machen.

Als ich endlich an der Reihe war, gab ich am Automaten die PIN-Nummer zweimal falsch ein. Ich musste meine Gedanken wieder ins Jetzt bringen. *Ihr Geburtsdatum? Unser erster Kuss?* Ich atmete tief ein, tippte erneut eine vierstellige Zahl ein. Beim dritten Mal wurde der Code angenommen, und ich steckte die herausgespuckten Scheine zerknüllt in die Hosentasche. Danach setzte ich mich auf eine der freien Bänke. Die Sonne war untergegangen, und ich zog mit einer Hand den Hoodie an, während ich mit der anderen mein Smartphone hervorkramte. Ich gab Namen und Adressen ins Suchfeld ein. Google spuckte mir schnell ein paar Nummern heraus, die ich eine nach der anderen wählte. Die Antwort, die ich auf meine Frage bekam, war immer dieselbe: *Tut uns leid … Wir akzeptieren keine Frauen … Nein, wir können nicht weiterhelfen … Wir bieten nur Callboys …*

„Fickt euch!", rutschte mir beim vierten Versuch heraus, allerdings erst, nachdem ich aufgelegt hatte.

Den restlichen Abend verbrachte ich im *Lilith's*. Mir war erst viel später eingefallen, dass der Club ganz neu im Zürich-West-Viertel eröffnet worden war. Die Medien hatten kaum darüber berichtet, und ich selbst hatte von seiner Existenz nur erfahren, weil ich im Studio Gesprächsfetzen zwischen zwei wartenden Kundinnen aufgeschnappt hatte. Wie sich aber sehr bald herausstellen sollte, war die Nachfrage nach einem alternativen Frauenraum in Zürich größer als von mir angenommen.

Als ich das von außen unscheinbare Gebäude erreichte, waren die Personenleitsysteme schon verlassen, so spät war es also schon. Zerknüllte Zigarettenpackungen und zusammengedrückte Bierdosen auf dem blauen Teppich zeugten von Nachtgestalten, die sich nicht zu schade gewesen waren, sich an einem Donnerstagabend ein oder zwei Stunden lang die Beine vor dem Lokal in den Bauch zu stehen. Zwei schmächtige, gelangweilte Türsteherinnen durchsuchten meine Taschen.

„Passwort?"

„Wie?", fragte ich perplex.

„Kleiner Scherz", sagte eine, und beide brachen in schallendes Gelächter aus.

„Und was hast du heute Abend vor?"

„Ich suche lediglich jemanden zum Ficken", sagte ich trocken. Sie zwinkerte mir zu, wohl etwas überrascht über meine direkte Antwort, wünschte mir viel Spaß und ließ mich durch. Ich hatte lautere Musik erwartet, aber in der Lobby war es erstaunlich ruhig. Hinter einem neon-blau beleuchteten Tresen stand ein ernst wirkendes Paar. Sie trugen beide schwarze T-Shirts mit dem aufgedruckten Namen des Clubs. Nachdem ich einer der beiden meinen Kapuzenpulli und einen Schein in die Hand gedrückt hatte, zog sie meinen Arm zu sich hin und stempelte mir mit UV-Farbe ein Logo auf die Innenseite des Handgelenks.

„Hast du ein Handy dabei?", fragte sie mich.

„Ja."

„Das musst du sicherheitshalber abgeben."

„Und warum?"

„Das wirst du früh genug herausfinden", erwiderte sie augenzwinkernd und zeigte auf eine Ecke des Raumes. Ich riss den Vorhang zur Seite. Dumpfe Töne drangen durch die schwere Pforte. Ich zog an den zwei schweren Metallgriffen und öffnete das Tor.

Eine Triphop-Welle überflutete meine Ohren und warf mich fast zurück. Vor mir eröffnete sich eine imposante, beinahe einschüchternde Kulisse. Mein Körper, meine ganzen Organe vibrierten unter den tiefen Bässen. Schweißgeruch durchströmte meine Nase. Ich schnappte nach Luft. Der runde Saal war vollkommen überfüllt. Im gedämmten, wechselnden Licht bewegten sich Hunderte von Frauen im Rhythmus der Elektro-Beats. Ein paar wenige hatten ihre feuchten T-Shirts ausgezogen und tanzten mit nacktem Oberkörper weiter. Sie rieben sich an vertrauter oder fremder Haut, tauschten zu zweit oder zu dritt innige Küsse und andere Zärtlichkeiten. Ich bestellte mir einen Drink, beobachtete, suchte. Danach drängte ich mich durch die Massen bis zur Mitte der Tanzfläche.

Im *Lilith's* schien sich das lesbische Volk einen eigenen Kosmos aufgebaut zu haben, in dem es für alle einen Platz gab. Jüngere und ältere Frauen, Halbgöttinnen und Normalsterbliche, die nicht dem ästhetischen Ideal entsprachen und in diesem Moment dennoch etwas unglaublich Erotisches ausstrahlten, teilten sich diese große, versteckte Unterwelt.

Als ich wieder den Blick nach vorne richtete, fiel mir auf, dass sich direkt vor dem erhöhten DJ-Pult eine dichte Menschenmenge gebildet hatte, den Blick nach unten gewandt, die irgendjemanden anfeuerte. Eine Schlägerei musste ausgebrochen sein. Weil es mir trotz meiner Größe nicht möglich war, aus dieser Entfernung Genaueres zu erkennen, schlängelte ich mich langsam bis zum Halbkreis vor. Frauen mit UV-Tattoos kamen mir entgegen. Andere starrten mich durch furchteinflößende, dämonische Kontaktlinsen an. Oder sie hatten ganz einfach irgendwelche Pillen wie Smarties geschluckt. Bei manchen war ich mir ziemlich sicher, dass sie sich die Augäpfel hatten tätowieren lassen. Ich stolperte und fiel auf eine Fremde, die mir erst eine Ohrfeige verpasste, weil ich ihren Drink verschüttet hatte, und mich daraufhin küsste.

Das Bild, das sich mir zeigte, als ich vor dem DJ-Pult stand, waren keine Streitsüchtigen, sondern zwei Liebende, die sich auf dem verklebten Boden räkelten. Während sich ihre Körper übereinander wälzten, hoben die Zuschauerinnen ihre Gläser, feuerten sie an oder ließen sich dazu verleiten, an ihren Partnerinnen herumzuspielen. Die eine oder andere hatte sich eine ruhige Ecke gesucht und masturbierte, während sie durch irgendein Schlupfloch einen Blick auf das Paar erhaschte. Femmes knieten vor ihren Butches – ja, es gab sie also noch – nieder und beglückten sie und sich selbst mit einem Blowjob. Ich verspürte, wie sich die Lust in mir entfachte und sich ein Ventil suchte. Ich schaute mich um, erwiderte ein paar

Blicke, und diejenigen, die sich mir näherten, berührten wie selbstverständlich meine Dreadlocks und strichen mir über den Rücken bis zum Hintern. Eine zog mir das schweißgetränkte T-Shirt aus, warf es in die tanzende Menge und liebkoste meine Brüste. Ich packte sie an den Haaren, zog ihren Kopf nach hinten und küsste ihren Hals. Lang unterdrückte Empfindungen kamen wieder hoch, Sehnsüchte, die ich geknebelt und tief im Unterbewusstsein begraben hatte. Salzig schmeckte sie und roch nach Zedernholz und Tuberose. Sie packte mich fest am Handgelenk, bis ich ihre Haare losließ. Die Unbekannte nahm mich an der Hand und führte mich durch die Menge bis in die Nähe der Pforte, durch die ich in diese unbekannte Welt eingetaucht war. Erst jetzt sah ich, dass es auch Treppen gab, die nach unten führten. Sie ließ meine Hand auch dann nicht los, als wir die Stufen hinuntergingen und uns durch die engen Gänge zwängen mussten. Jetzt erst fiel mir auf, wie jung die Frau, ja, das Mädchen noch war, das mich hierhingeführt hatte. Vor einer der vielen schwarzen Türen blieb sie stehen, die, links und rechts vom Flur, an die Kabinen eines Kreuzfahrtschiffs denken ließen. Sie griff in die vordere Tasche ihres Jeansrocks und zog einen Schlüssel hervor, mit dem sie die Tür aufschloss. Ohne etwas dagegen einzuwenden, betrat ich das Zimmer. Ein kleiner, schlichter Raum mit schwarz und nachtblau gestrichenen Wänden. Das Mädchen, sie mochte neunzehn, allerhöchstens zwanzig sein, verschloss die Tür und legte den Schlüssel gut sichtbar auf einen Lederhocker.

Und nun? Die junge Frau schubste mich auf das große, runde Bett, das den größten Teil des Raumes einnahm, und setzte sich auf mich.

„Wie heißt du?"

„Ist das wichtig?"

„Nein …“ Sie war irritiert.

„Also gut. Mein Name ist Alex.“

„Gefällt mir.“ Sie packte mich an den Handgelenken und drückte sie auf die Matratze, hoch über meinem Kopf.

„Warum? Es ist ein ganz normaler Name.“

„Ich kenne keine Alex. Alex ist schön.“ Sie neigte sich nach vorne. Ich wandte den Kopf instinktiv ab.

„Und wie heißt du?“

„Julie.“

Ich zog ihr die Bluse und das Tank-Top aus. Im Spiegel über dem Bett konnte ich das Bild auf ihrem Rücken deutlich erkennen. Julie hatte eine Skarifikation an ihrem Körper vornehmen lassen. Ein Kirschbaum im Asiastil verzierte ihren Körper. Das war eine der Arten von Körpergestaltung, die ich zwar nicht grundsätzlich ablehnte, die mir persönlich aber zu weit ging.

Nur zögernd berührte ich Julies Rückenbild, spürte die Unebenheit ihrer Hautoberfläche unter meinen Fingerkuppen, während sie sich mit ihren Küssen immer weiter nach unten bewegte und meine Cargohose aufknöpfte. Vorsichtig bewegten sich ihre schmalen Finger zwischen meine Schamlippen, suchten sich ihren Weg in meine Scheide. Und dann … dann schaute ich erneut in den Spiegel. Und sah mich. *Was tust du hier eigentlich?* Eh ich mich's versehen konnte, lag ich schon oben und schaute in Julies weit aufgesperrte Augen. Sie hatte die Wende als ein Spiel aufgefasst und krallte mir nun die langen Fingernägel in den Rücken.

„Nein!“ Jetzt war ich diejenige, die sie festhielt. Die tiefe Wut, der Jagdinstinkt der letzten Stunden hatte sich plötzlich in Reue verwandelt.

„Ich kann nicht. Es tut mir leid.“ Ich ließ sie los. Ich setzte mich an die Bettkante, nahm die Brille ab und vergrub das Gesicht in meinen Händen, in der Hoffnung, einen plötzlichen Geistesblitz zu haben, der es mir erlauben würde, glimpflich aus der Situation herauszukommen.

„Dein Gesicht ist so rot." Julie streckte den Arm aus, vermutlich, um zu sehen, ob ich Fieber hatte.

„Entschuldige. Ich glaube, es geht mir wirklich nicht gut."

„Du solltest vielleicht nach Hause gehen."

„Kann ich nicht."

„Warum nicht. Hast du kein Zuhause?"

„Doch. Aber schau mich an. Wie soll ich so bis zur Garderobe laufen?"

Julie lachte auf. „Ich verstehe. Hier." Sie reichte mir ihr Tank-Top, das ich dankbar anzog, um nicht nackt in der Lobby auftauchen zu müssen. Es zwickte und war viel zu kurz, so dass mein Bauchnabel zum Vorschein kam, aber es war okay.

„Danke."

Ich ließ mich von Julie zur Garderobe begleiten. Nachdem ich meinen Pullover abgeholt hatte, küsste ich ihr beim Abschied die Hand.

„Pass auf dich auf." Julie verschwand hinter dem Vorhang, und ich verließ die Lobby.

„Ich hoffe, du hast gefunden, wonach du gesucht hast", rief mir die Frau von der Security nach.

Kapitel 21

Tjäkta-Alesjaurestugan (12,5 km)

„Dann war ich nicht die Erste, bei der du einen Rückzieher gemacht hast."

„Du bist ein Arsch."

„He!", ruft Emma aus, doch sie klingt nicht wirklich wütend.

„Das war liebevoll gemeint", sage ich erleichtert.

„Wir müssen weiter, Schätzchen."

Kurz nach dem Checkpoint bauen wir unsere Zelte auf. Mittlerweile könnte ich auch alleine damit klarkommen, aber Emma ist wie immer viel schneller als ich und packt auch bei mir mit an. Der Abend ist ziemlich unspektakulär. Ich ziehe mich früh zurück und gebe vor, völlig erschöpft zu sein. In Wahrheit ertrage ich Emmas Anwesenheit nicht und kann nicht sagen, warum. Die halbe Nacht liege ich wach und starre die Zeltplane an. Draußen höre ich Tiere um das Zelt herumschleichen. Jedes Mal würde ich gerne rausspringen und um Hilfe schreien. Stattdessen ziehe ich den Reißverschluss des Schlafsacks höher und sage mir, dass es nur Murmeltiere sind.

Ich verlasse das Zelt erst, als es um mich herum wieder völlig ruhig ist. Ich stecke das Feuerzeug ein, um das Klopapier hinterher zu verbrennen, und ziehe mich hinter einem windgeschützten Felsen zurück. Als ich wiederkomme, sehe ich, dass Emmas Taschenlampe noch an ist. Für einen kurzen Augenblick überlege ich, zu ihr hinzugehen und … Ja, was? Ich bin mir gar nicht sicher, ob es etwas zu klären gibt, und lege mich wieder schlafen.

Am nächsten Tag führt der Weg über Grasheiden diesmal bergab nach Alisätno, wie ich von Emma erfahre. Ich bin dankbar für das grüne Gelände, welches leichter zu wandern ist als die Geröllwege. Die Landschaft ist wieder freundlicher geworden; es gibt zahlreiche Bäche, aus denen Emma und ich trinken.

An der Alesjaurestugan angekommen, versorgen wir uns mit Proviant. Vieles ist schon ausverkauft, und ich nehme, was übrig geblieben ist. Hauptsache, keine Eiweißriegel mehr. Mitten in der Einöde gibt es sogar frisch gebackene Zimtschnecken, und ich schäme mich nahezu, als ich in die dritte reinbeiße. Diesmal fragt Emma nicht, ob ich mit ihr in die Sauna gehen will. Es gibt einige schöne Zeltplätze in der Nähe einer Hütte, aber ich ziehe es vor, mir einen Ort mit weniger Menschen zu suchen. Ich habe auch gar keine Lust, der englischen Gruppe zu begegnen und Warren, diesem Idioten.

Der Tag geht schneller vorbei, als mir lieb ist. Abisko ist nicht mehr weit. Wir nähern uns immer mehr dem Ziel dieser Reise, und doch, etwas hält mich davon ab, mich darüber zu freuen, dass die körperlichen Anstrengungen bald vorbei sind. Vor der Abenddämmerung finden wir einen schönen abgelegenen Platz. Mittlerweile ist das Aus- und Einpacken unserer Ausrüstung zur reibungslosen Routine geworden. Ich habe keine Idee, wie Emma es schafft, aber sie zaubert uns ein leckeres Abendessen. Mir fehlt zwar ein ordentliches Stück Fleisch, aber abends sind mir auch die Gemüseravioli willkommen.

„Ist was?“, fragt Emma, und ich merke, dass ich sie angestarrt haben muss. Ohne eine Antwort zu geben, stehe ich auf und setze mich neben sie, so wie an dem Abend, an dem wir uns küssten.

Kapitel 22

Nach meinem kleinen Abenteuer rief ich frühmorgens gleich meinen kleinen Bruder Frank an.

„Was ist los, Schwesterherz? Du meldest dich so selten. Und jetzt auf einmal zu einer solch unchristlichen Zeit."

„Bitte, entschuldige, falls ich dich geweckt habe. Und dafür, dass ich mich so selten melde. Ich hab viel um die Ohren."

„Ach, Alex. Du wolltest in die Schweiz ziehen. Ein Volk, das die Ferien-Initiative abgelehnt hat und somit freiwillig auf mehr freie Tage verzichtet, hätte dich stutzig machen sollen."

„Es ist leider nicht die Arbeit, Frank. Ich muss mit dir reden", sagte ich und versuchte, nicht allzu alarmiert zu klingen.

„Ist etwas passiert?" Mein kleiner Bruder war für mich da. Wie immer.

„Ich habe Scheiße gebaut, Bruderherz."

„Dass du in die Schweiz gezogen bist, hatten wir doch gerade."

Er hörte mit den Sprüchen auf, als er mich schluchzen hörte.

„Ich weiß gar nicht, womit ich anfangen soll."

„Fang einfach irgendwo an", sagte er ruhig.

„Meike wird sterben. Und ich habe sie letzte Nacht betrogen." Ich konnte selbst nicht glauben, was ich da gerade sagte.

„Wie bitte? Kannst du das wiederholen?"

„Meike wird sterben, Frank. Sie hat Krebs, im letzten Stadium. Man hat die Krankheit erst vor wenigen Monaten diagnostiziert. Und wenn du sie sehen würdest, du würdest sie nicht wiedererkennen." Ich schaffte es kaum noch weiterzusprechen.

„Nur mit der Ruhe, Alex. Nimm dir Zeit." Frank war erstaunlich geduldig oder ganz gut darin, sich nichts anmerken zu lassen.

„Warum sagst du es mir erst jetzt? Ich mag Meike, das weißt du."

„Weil ich das alles selbst noch nicht glauben kann. Es geht alles so verdammt schnell. Ich komme gar nicht nach mit dem Kopf. Und weil das nicht schon genug ist, hat sie beschlossen, dass sie über eine Sterbehilfeorganisation gehen möchte. Und sie hat nie ein Wort darüber verloren."

„Es war vermutlich keine leichte Entscheidung", verteidigte er Meike. „Krebs ist kein Spaziergang."

„Denkst du, ich weiß das nicht?", erwiderte ich leicht aufgebracht. „Ich muss mit ansehen, wie sie mit jedem Tag ein Stückchen stirbt. Mit ansehen, wie jeden Tag ihre Würde angetastet wird, weil sie wie eine alte Frau röchelt, nicht mehr ohne Hilfe duschen oder essen kann."

„Und warum darf sie diesem Elend kein Ende setzen? Ganz selbstbestimmt? Alex, bist du noch da?"

„Weil ich jetzt schon so verdammt einsam bin. Weil ich die Abende zu Hause nicht ertrage und mich die Vorstellung, dass ich bald ganz ohne sie leben muss, fertigmacht. Und wenn ich mich entscheiden muss zwischen einer sterbenskranken Meike oder gar keiner Meike, dann möchte ich die sterbenskranke", platzte es aus mir heraus. Jetzt verstand ich kein Wort mehr von dem, was Frank mir mitzuteilen versuchte.

„Alex, soll ich einen Flug buchen? Du musst das nicht alleine durchstehen."

„Ich möchte nicht. Es reicht mir, wenn ich mit dir reden kann. Versprich mir aber, dass du Mama und Papa nichts davon erzählst."

„Warum nicht? Sie mögen Meike."

„Ich möchte nur nicht, dass sie auf einmal alle hier stehen. Wenn Meike bisher kaum jemanden informiert hat, wird sie schon ihre Gründe haben. Außerdem ist sie sehr schwach. Zu viel Besuch bedeutet doch nur Stress."

„Also gut, ich verspreche es", seufzte Frank.

Ich erzählte Meike nichts von meinem verrückten Abend im *Lilith's*. Ich verdrängte das Erlebnis, so gut es ging. Die Begegnung mit Julie hatte mir nichts bedeutet. Was war denn schon passiert? Überfordert mit der Situation, in der ich steckte, hatte ich etwas Dummes getan. Oft beichtete man Dinge, um das eigene Gewissen zu erleichtern, nicht etwa, um dem geliebten Menschen etwas Gutes zu tun. Also blieb ich bei meinem Entschluss, darüber kein Wort zu verlieren.

Nach dem Streit in der Klinik fiel es uns beiden schwer, das Thema Beihilfe zum Suizid aufzugreifen. Meike verhielt sich distanziert, was aber wohl auch daran lag, dass sich ihr Gesundheitszustand mit jedem Tag verschlechterte. Die Ärzte kamen mit dem Auspumpen der Flüssigkeit aus der Lunge kaum noch nach. Zudem war die Drainage auch nicht als Dauerlösung gedacht. Die Eingriffe waren schmerzhaft, so dass Meike während der Behandlung jedes Mal in Tränen ausbrach, und die Öffnungen, durch welche die Schläuche gezogen waren, drohten sich zu entzünden. Schließlich handelte es sich dabei mehr oder weniger um offene Wunden.

Mittlerweile hielt sich Meike in einer anthroposophischen Klinik auf. Ich selbst wusste nicht genau, was ich davon halten sollte, aber Meike schien die wohlwollende Atmosphäre gutzutun. Die Zimmer waren freundlich eingerichtet, tagsüber fanden Mal- und Tagebuchkurse statt, und Meike hatte offensichtlich eine Psychologin gefunden, mit der sie sich gut verstand.

„Komm auch mal mit, Alex“, forderte Meike mich eines Tages auf. Sie lag im Bett, links und rechts ausnahmsweise keine surrenden Motoren der Pumpen. Ich machte es mir auf der Fensterbank bequem und beobachtete das Geschehen im Park.

„Ich brauche das nicht.“

„Ich kann dich nicht zwingen“, sagte sie enttäuscht. „Aber ich mache mir Sorgen um dich.“

„Ich komme schon alleine damit klar. Was besprecht ihr denn da überhaupt?“

„Die Gespräche helfen mir, den Blick auf das zu richten, was mir trotz allem Perspektiven und sinnvolle Erfahrungen schenkt. Was gibt meinem Leben noch Sinn? Was wäre anders, wenn ich noch länger leben dürfte? Welche Träume möchte ich mir noch erfüllen?“

„Und? Hast du eine Idee?“

„Ich bedaure, dass ich nie diese Wanderung gemacht habe.“

„Welche Wanderung denn?“, fragte ich genauer nach.

„Den Königsweg zum Beispiel.“

„Ach, stimmt“, ich erinnerte mich auf einmal wieder. Meike hatte ein paar Mal erwähnt, dass es in der Schweiz nichts Reizvolles mehr für sie gab. Dass sie eine neue Herausforderung brauchte. „Irgendwo im Norden, richtig?“

Sie nickte traurig. „Ich habe so lange damit gewartet, weil es immer etwas anderes, in jenem Moment Wichtigeres zu tun gab. Die Arbeit zum Beispiel. Und jetzt ist es zu spät, einfach zu spät!", sagte sie weiter schluchzend.

„Die Arbeit hat dich aber auch glücklich gemacht. Zu sehen, wie dein kleines Unternehmen wächst. Mit Menschen und Tieren zusammenzuarbeiten. Du hast dir damit einen Traum erfüllt."

„Das ist richtig. Aber diese Reise … Sie war für mich etwas Wertvolles. Etwas, was auf meiner Lebens-To-do-Liste schon seit Jahren stand."

„Was ist eine Lebens-To-do-Liste?"

„Eine Liste von Dingen, die ich machen wollte, bevor ich eines Tages sterbe. Dinge, die mir viel bedeuten, aus welchen Gründen auch immer."

Ich überlegte kurz. Hatte ich in meinem Kopf jemals so eine Liste erstellt?

„Warum ausgerechnet der Norden?", fragte ich neugierig weiter.

„Es gibt einen Reiseveranstalter, der jedes Jahr im Sommer einen Wanderlauf organisiert. Und ich stelle mir die Landschaft und die Natur unglaublich schön vor. Ich habe Bilder gesehen. Fotos, wunderschöne Fotos einer Strecke zwischen Nikkaluokta und Abisko. Eine junge Künstlerin läuft die Strecke beinahe jedes Jahr mit."

„Klingt nach ganz viel Spaß", sagte ich sarkastisch.

„Ich gehe davon aus, dass auf deiner Lebens-To-do-Liste nirgends das Wort Wandern oder Bewegung zu lesen ist", konterte Meike, und zum ersten Mal seit Langem sah ich sie wieder lächeln.

Ich schüttelte den Kopf. „Aber was nicht ist, kann ja bekanntlich noch werden."

„Komm her zu mir." Meike hatte schon lange nicht mehr meine Nähe gesucht, und ich ließ mich nicht zweimal bitten. Vorsichtig nahm ich Platz an ihrer Seite und legte meinen Arm um ihren Körper. Ich schnupperte an ihren Haaren; ein fremder Geruch stieg mir in die Nase.

„Lass mich nicht allein“, kam es aus mir heraus. Ich beugte mich vor und küsste sie.

Ich wischte ihr die Tränen vom Gesicht, und wenn es mir möglich gewesen wäre, hätte ich sie ganz fest an mich gedrückt. Meike rutschte, so gut sie konnte, ein wenig zur Seite, und ich legte mich daneben. Kopf an Kopf blieben wir so nebeneinander liegen.

„Alex?“ Meikes Stimme zitterte. Ich öffnete die Augen, wusste erst nicht mehr, wo ich war. „Alex!“

„Was ist denn?“, fragte ich – und verstand auf einmal. Meike hatte eingenässt. Ich stand vorsichtig auf, versuchte, mir das Ekelgefühl nicht anmerken zu lassen.

„Es ist nicht so schlimm“, beruhigte ich sie.

„Ich kann meinen eigenen Körper nicht mehr kontrollieren“, schluchzte sie weiter. So verzweifelt hatte ich Meike noch nie gehört.

„Ich will das nicht mehr, ich will nicht!“

„Beruhige dich.“ Ich schloss sie in meine Arme, drückte ihren Kopf vorsichtig an meine Brust, immer darauf bedacht, keine Schläuche einzuklemmen oder abzureißen.

„Das ist unwürdig. So unwürdig“, weinte sie. „Ich will mich nicht so sehen. Warum ich? Warum muss ausgerechnet mir das passieren?“

„Du hast die Ärzte mehrfach gehört. Es kann eine familiäre Veranlagung sein. Zufall. Es muss nicht immer einen Grund dafür geben.“

„Aber ein Grund würde es mir vielleicht erleichtern, diesen Scheißkrebs zu akzeptieren.“

„Also gut“, platzte es aus mir heraus. Dann brach ich selbst in Tränen aus. „Ich werde es tun.“

„Was wirst du tun?" Meike schaute mich verständnislos an, schluchzte weiter, während sie sich an meinem Pullover festklammerte.

„Dich unterstützen", antwortete ich.

Kapitel 23

Ich warf einen letzten Kontrollblick auf das iPhone, verglich die Hausnummern. „Doch, wir sind hier richtig."

Ich schaute zu den oberen Fenstern der Jugendstil-Villa.

Der Tod hatte eigene Seidenvorhänge. Eine Adresse, einen Briefkasten. Er besaß einen Vorgarten mit blühenden Stauden und vermoosten Terracotta-Figuren.

Meike suchte meine Hand, fragte mich, ob ich bereit sei. Ich nickte. Mir wurde schummrig, und ich fragte mich, ob es die richtige Entscheidung gewesen war, hierher zu kommen. Check-Out hatte uns einen Hausbesuch angeboten. Etwas in mir hatte sich allerdings dagegen gesträubt, dem Tod die eigene Haustür zu öffnen.

Meikes Finger umschlossen meine Hand noch fester, und gemeinsam drückten wir auf die Klingel.

Lange passierte nichts. Wir starrten auf die blaue Tür, auf unsere Schuhe, auf die Fingernägel, die Sauerstoffflasche. Und ich fragte mich, ob die Menschen, die uns im Vorbeigehen anstarrten, ahnungslos darüber waren, dass das Sterben einen festen Wohnsitz hatte. In ihrem Quartier, in ihrer Straße.

Auf einmal wurde ich aus meinen Gedanken gerissen. Hinter der knarrenden Tür kam eine zierliche Frau zum Vorschein. Ihr Anblick wirkte irritierend auf mich. Sie trug eine rote Leinenhose und ein schlichtes, schwarzes Oberteil. Eine ausgefallene Halskette, passend zur Farbe ihrer Hose, zog meine ganze Aufmerksamkeit auf sich. Ich hatte mir die Person anders vorgestellt. Jemand mit einem weißen Kittel. Vielleicht eine Krankenschwester.

„Frau Janowsky?"

Meike reichte ihr die Hand. „Das ist meine Frau, Alexandra Roth. Ich hoffe, es ist in Ordnung, wenn ..." Das Atmen fiel ihr schwer.

„Selbstverständlich. Es ist wichtig, dass Angehörige miteinbezogen werden. Mein Name ist Susanne Moser. Ich bin die Leiterin. Bitte, treten Sie ein."

Wir wurden in eine der oberen Etagen geführt. Die Holzstufen knarrten unter jedem Schritt und untermalten die bestehende Geräuschkulisse: Meikes rasselnde Atmung. Wer war diesen Weg schon gegangen?

„Hier lang." Wir wurden in einen Raum begleitet, der sich kaum von einem klassisch eingerichteten Wohnzimmer unterschied. Acryl-Bilder von regionalen Künstlern an den Wänden, in der Ecke ein gut ausgestatteter Schreibtisch aus massivem Eichenholz, in der Mitte des Raumes ein runder Glastisch, eine kleine Ledercouch.

„Bitte, setzen Sie sich. Möchten Sie etwas trinken?" Wir lehnten dankend ab. Frau Moser setzte sich auf einen Sessel uns gegenüber.

„Haben Sie uns leicht gefunden?"

„Mehr oder weniger", antwortete ich angestrengt.

„Herzlichen Dank zunächst einmal für Ihr Vertrauen in unsere Organisation."

Sicher. Die Leiterin bedankte sich gewissermaßen dafür, dass sich das Lamm selbst zum Opferaltar schleppte. Auf einmal wurde es still im Raum. Und in meinem Kopf wurde es laut.

Frau Moser setzte ihre Brille auf, blätterte in den Unterlagen, räusperte sich. „Nun, Frau Janowsky. Wie bereits am Telefon bestätigt, haben wir Ihre vollständigen Unterlagen erhalten. Ich habe hier Ihr Diagnoseschreiben und die ärztliche Bestätigung Ihrer Urteilsfähigkeit vorliegen."

Meike nickte.

„Die persönliche Beratung hat bei Check-Out einen hohen Stellenwert. Wir haben ein paar gemeinsame Termine vor uns. Deshalb möchte ich Ihnen das Du anbieten. Ist das für Sie beide in Ordnung?"

„Ja", krächzte Meike, und auch für mich war es in Ordnung.

„Check-Out steht Sterbewilligen, welche den Verein kontaktieren, grundsätzlich unvoreingenommen zur Seite. Dein Selbstbestimmungsrecht, Meike, steht für die Organisation selbstverständlich an erster Stelle. Dennoch ist es für die Beratung wichtig, zusammen mit Fachleuten abzuklären, welche soziale und medizinische Hilfe für dich möglich wäre und ob eine Alternative zum Freitod denkbar ist. Dir müssen diese Möglichkeiten bekannt sein, und es ist unsere Pflicht, sie alle auszuschöpfen, bevor wir deinem Sterbewunsch nachkommen können." Wir hörten vorerst nur zu. Und ich glaubte der Beraterin kein Wort. Susanne fuhr fort: „Deshalb ist es so wichtig, Check-Out rechtzeitig zu kontaktieren. Unsere Organisation muss bestimmte gesetzliche Bedingungen erfüllen, die viel Zeit in Anspruch nehmen und eine große Vorbereitung erfordern. Wir werden heute aber nicht nur deine persönliche Situation klären, sondern auch auf eure persönlichen Anliegen eingehen. Es ist wichtig, Fragen und Ängste zu thematisieren." Dann entstand die unerträgliche Stille, welche Psychologen gerne künstlich produzieren, um ihr Gegenüber zu einem Seelenstriptease zu zwingen. Und es wirkte.

„Ich würde gerne wissen, ob mir die Freitodhilfe gewährt ist", platzte es aus Meike heraus. Die Art, wie sie das Wort *Freitodhilfe* aussprach, widerte mich an.

„Also … Wir haben von dir ein ärztliches Diagnosezeugnis erhalten. Darin wird bestätigt, dass an deiner Urteilsfähigkeit keine ernsthaften Zweifel bestehen. Und wir haben alle vorhandenen Spitalberichte erhalten. Nach dem heutigen Gespräch werde ich einen Bericht an die Geschäftsstelle schicken. Sollten doch Zweifel an deiner Urteilsfähigkeit bestehen, müssten wir weitere fachärztliche Gutachten einholen. Von einem beziehungsweise zwei Psychiatern. Fachgutachten und Zweitmeinung werden dann der Ethikkommission von Check-Out vorgelegt. Sie entscheidet darüber, ob weitere Abklärungen nötig sind und ob eine Freitodbegleitung empfohlen oder abgelehnt wird."

„Ich bin aber nicht psychisch krank", wendete Meike ein.

„Dennoch müssen wir auf der sicheren Seite sein." Susanne versuchte, sich verständnisvoll zu zeigen. „Die Urteilsfähigkeit muss von den Suizidhelfern und von deinen Ärzten geklärt werden. Dafür sind längere, wiederholte persönliche Gespräche im Abstand von mehreren Wochen nötig. Eine Depression aufgrund deiner starken Schmerzen ist nicht auszuschließen. Deine Lebenssituation, dein Umfeld und deine Lebensgeschichte müssen berücksichtigt werden."

„Das klingt alles sehr kompliziert", räumte ich ein. Mir rauchte jetzt schon der Kopf, und wir saßen keine Viertelstunde im Büro.

„Es ist in der Tat etwas kompliziert, aber da der Tod nichts ist, was man rückgängig machen kann, müssen diese Abklärungen getroffen werden. Die Entscheidung muss wohlerwogen und nicht aus dem Affekt entstanden sein." Susanne erhob sich vom Sessel. „Ich brauche etwas Wasser. Seid ihr sicher, dass ihr nichts trinken wollt?"

„Ich nehme doch gerne ein Glas." Meine Kehle fühlte sich an wie eine Wüste. Meike sagte kein Wort.

Als sich Susanne wieder hinsetzte, fuhr sie fort: „Wie bereits gesagt, müssen viele Punkte berücksichtigt werden. Wir gewähren Suizidhilfe zum Beispiel nur dann, wenn der Todeswunsch aus einem schweren, krankheitsbedingten Leiden heraus entstanden ist. Der Begriff der Krankheit wird dabei weit gefasst. Check-Out begleitet einzig Mitglieder mit einer hoffnungslosen Prognose, mit unerträglichen Beschwerden oder einer unzumutbaren Behinderung."

Punkt eins und zwei trafen definitiv auf Meike zu. Warum wurde dieses Gespräch unnötig in die Länge gezogen?

„Wir müssen die alternativen Optionen klären und sicherstellen, dass Suizidwillige autonom und frei von äußerem Druck den Todeswunsch aussprechen." Susanne warf mir einen Blick zu, der mir überhaupt nicht gefiel.

„Meike, dir muss bewusst sein, welche Tragweite deine Entscheidung hat", schob sie nach. „Es gibt auch die Möglichkeit einer Palliativbehandlung."

„Ich denke, das weiß ich." Sie schaute Susanne nicht ins Gesicht, sondern richtete den Blick zum Fenster. Ich fasste ihren Arm, damit sie aufhörte, nervös ihre Hände an den Oberschenkeln zu reiben. Ich warf ihr den verschwörerischen Blick zu, den Meike gut kannte und der ihr sagte: *Lass uns gehen. Du musst das nicht tun.*

„Deine Entscheidung muss im Einklang mit deinen individuellen Wertvorstellungen sein, mit deinen Vorstellungen zu Leben und Tod, zur Lebensqualität und nicht zuletzt mit deiner Ansicht zur Zumutbarkeit von Krankheiten. Um alle diese Kriterien festzustellen, werden wir mehrere individuelle Gespräche alleine führen müssen, um jegliche Beeinflussung von außen auszuschließen." Da war es. Ich wurde als Querkopf inszeniert.

„Sehe ich das richtig, dass rein rechtlich gesehen auch junge, gesunde Menschen begleitet werden dürfen?“, fragte ich etwas forsch.

„Das siehst du richtig, Alexandra. Da Check-Out um die hohe Verantwortung weiß, haben wir uns dennoch intern mit Richtlinien und Statuten selbst eingeschränkt. Die Organisation hat mit dem Kanton Zürich eine bilaterale Vereinbarung getroffen. Es ist auch in unserem Interesse, uns freiwillig in der gesamten Schweiz an die Sorgfaltskriterien zu halten.“ Susanne musste diesen Satz schon mehrere Male heruntergerattert haben. Check-Out geriet in der Tat immer wieder in die Schlagzeilen.

„Eine Frage habe ich noch. Ist es richtig, dass der Suizid eigenhändig ausgeführt werden muss?“, fragte ich weiter.

„Das ist korrekt. Die Tötung auf Verlangen zur Verkürzung von Leiden ist in der Schweiz strafbar. Die von Check-Out angebotene Freitodhilfe ist hingegen erlaubt, weil der Suizidwillige das tödliche Gift selbst einnimmt.“

Jetzt war ich etwas irritiert: „Aber wie schaffen es Ganzkörpergelähmte …“

„Es gibt Mittel und Wege“, unterbrach mich Susanne. „Spezialkonstrukte ermöglichen es auch Ganzkörpergelähmten, den Infusionshahn zu öffnen. Alles andere wäre aktive Sterbehilfe, und das tun wir nicht. Wenn jemand nicht mehr in der Lage ist, die letzte Handlung von alleine vorzunehmen, kann auch Check-Out nichts unternehmen.“

Ich schaute zu Meike. Neben mir ein Geist. Blass und abwesend.

„Meike, alles in Ordnung? Wenn es dir lieber ist, können wir das Gespräch auf einen späteren Zeitpunkt verschieben.“

„Mir geht es gut.“ Meike atmete tief ein. „Darf ich *das* Zimmer sehen?“

„Selbstverständlich."

Noch bevor ich verstand, was mit *dem* Zimmer gemeint war, standen wir auch schon mittendrin.

Das Ungeheuerliche lag in der Schlichtheit, ja Anspruchslosigkeit des Raumes. Ein Wartezimmer, in dem man nicht etwa auf den Tod wartete, sondern auf den Mut, die eigene Freiheit zu erlangen. Nur sollte ich erst viel später zu dieser Erkenntnis kommen.

„Es sind allerdings nur sehr wenige, die diese Option wählen", unterbrach Susanne meine Inventur.

„Sie meinen … du meinst, viele machen einen Rückzieher?", fragte ich ungläubig.

„Eigentlich wollte ich damit sagen, dass die Freitodbegleitungen zum größten Teil in den Wohnungen der Menschen, manchmal aber auch in den Wohnungen der Angehörigen stattfinden. Deine Frage kann ich dennoch mit einem Ja beantworten."

Meike hatte auf dem Bett Platz genommen und strich mit der Hand über die Tagesdecke. Ich beobachtete sie und kämpfte mit den Tränen.

„Das Zimmer ist in Ordnung", unterbrach Meike die Stille.

„In Ordnung ist aber nicht gut." Ich setzte mich neben sie auf die Matratze und wartete auf eine Reaktion.

„Ich darf es mir bestimmt etwas gemütlicher machen. Und wenn ich mich so hinlege, kann ich nach draußen schauen. Und so …", sie rutschte vorsichtig ein wenig tiefer, „… so kann ich in den Himmel sehen." Der Anblick war unerträglich.

„Ich weiß nicht." Ich griff Meikes Hand und half ihr, sich aufzurichten.

„Du kannst eigene Musik mitbringen." Susanne öffnete die Schranktüren einer Kommode und zeigte auf eine

Mini-Stereoanlage. „Und persönliche Gegenstände. Dinge, die dir viel bedeuten und die du dabeihaben möchtest."

„Darf die Katze mit?"

Susanne zögerte. „Ja … deine Katze darf auch mit."

„*Unsere* Katze", korrigierte ich. „Und sollten wir das tatsächlich durchziehen, muss das hässliche Wandbild hier weg."

„Alex!" Ich erntete zwei böse Blicke. Es kümmerte mich nicht.

„Meike, darf ich einen Augenblick alleine mit dir sprechen?", sagte ich ernst.

„Aber selbstverständlich", sagte Susanne und verschwand in einem Nebenraum.

„Meike, das gefällt mir hier überhaupt nicht."

„Es muss ja auch nicht *dir* gefallen."

„Aber gefällt es dir denn?", hakte ich nach.

„Nein, nicht wirklich", gab Meike zu. „Aber eine Alternative haben wir nicht."

„Lass es uns zu Hause tun."

„Liebste, das haben wir doch schon besprochen. Du hast selbst gesagt, dass du das nicht willst, weil du diejenige bist, die weiterhin in der Wohnung leben wird. Und dass dich die Erinnerung an …"

„Ich weiß, was ich gesagt habe. Aber ich ertrage den Gedanken nicht, dass das Letzte, was du siehst, diese hässliche Tapete ist."

„Sicher?"

„Sicher."

Dankbar nahm Meike meine Hand.

„Und jetzt lass uns von hier verschwinden. Ich habe für heute genug gesehen."

Kapitel 24

Es fiel mir immer noch schwer, Meikes Entscheidung, über eine Sterbeorganisation gehen zu wollen, zu akzeptieren. Doch wer war ich schon, ihr zu sagen, ob dieser Notausgang für sie in Frage kam oder nicht? Nach und nach erkannte ich, dass die Diskussion um das Thema Sterbehilfe an sich nicht etwa von Betroffenen wie Meike geführt wurde. Es waren Gesunde wie ich. Gesunde Politiker, gesunde Kirchenvertreter, gesunde Psychiater. Menschen, die nicht selbst am Lebensende standen und doch alle zu wissen glaubten, was für Sterbenskranke wie Meike gut, richtig oder ethisch vertretbar war. Es gab die Angehörigen mit ihren Verlustängsten, mit der Überforderung, dem schlechten Gewissen.

Und die Betroffenen? Sie waren meist zu krank und zu schwach, um für ihr Anliegen zu kämpfen. Ich sah es nicht als meine Pflicht, Meikes Sterbewunsch mitzutragen. Hatte nicht auch ich Empfindungen, die Beachtung verdienten? Waren sie nicht genauso berechtigt, vollwertig? Aber ich ertrug das Leiden selbst nicht mehr. Der Krebs war auch meiner geworden. Und ich wollte ihn endlich loswerden.

Ich war die Letzte, die Meike hätte sterben sehen wollen. Doch mit jedem Tag, an dem ein Teil von ihr ging, verschwand nach und nach auch ein Stückchen *wir*. Meike war am Verschwinden, am Unsichtbar-Werden. Die starken Schmerzmittel hielten auch ihre Seele, ihre Persönlichkeit in Schach. Und die Schmerzen blieben. Ich musste aufhören, mich an etwas festzuklammern, was in dieser Form nicht mehr existierte, was nicht mehr *unser* war. *Unser* war vor allem der Krebs. Es reichten eben nicht ein bisschen professionelle Pflege und Morphin, um dem Leiden ein Ende zu setzen.

Ich lernte mit jedem Tag, dass die Wahrheit durchaus komplizierter war als die, welche nahezu täglich in den Medien gezeigt wurde. Selbstbestimmt und ohne Angst vor dem Ungewissen sterben zu wollen. Das war weder eine einfache noch eine feige Entscheidung. Meike hatte mich nicht von Anfang an in den Prozess mit einbezogen – ich hatte nur die Spitze des Eisbergs gesehen. Und das hatte mich zuerst zur Annahme geführt, dass sie voreilig und unüberlegt entschieden hatte.

Dass dies nicht der Fall gewesen war, zeigte auch die Zusammenarbeit mit Check-Out. Ich hatte bis zu diesem Zeitpunkt immer angenommen, dass jeder, der den Wunsch verspürte, seinem Dasein ein Ende zu setzen, nur in die Schweiz zu fahren brauchte und innerhalb weniger Stunden oder Tage sterben durfte. Die Realität sah jedoch anders aus. Es wurden Gespräche geführt, Alternativen besprochen. Die Sterbebegleiter bei Check-Out waren weder Perverse, Heilige noch Geldgierige, die sich am Leid anderer bereichern wollten. Sie holten Zweit- und Drittmeinungen ein; Abklärungen wurden getroffen, medizinische Berichte hin und her geschickt. Für sterbenskranke Patientinnen wie Meike war die Zeit sogar knapp. Viele starben, wie ich von Susanne erfuhr, bevor die Organisation grünes Licht geben konnte.

Meike hatte Glück. Von nun an hatte der Krebs so etwas wie ein Ablaufdatum. Sie wählte den Tag möglichst unspektakulär: Der 23. November sollte es werden.

„Vielleicht solltest du wenigstens deinen Vater anrufen“, legte ich ihr nahe.

„Auf gar keinen Fall.“

„Aber die Umstände haben sich … geändert. Denkst du nicht, dass er wissen sollte, dass seine Tochter …“

„… bald sterben wird?“, beendete Meike meinen Satz. „Ich bin schon seit Jahren für ihn tot. Hast du es schon vergessen?“ Sie schnappte nach Luft.

„Nein, habe ich nicht.“ Unaufgefordert holte ich die Sauerstoffflasche und half Meike dabei, den Schlauch anzulegen.

„Passt der Wert?“, fragte ich und las die Ziffer auf der Anzeige ab. Sie nickte.

„Er hat die ganzen letzten Jahre nicht einmal versucht, mich zu kontaktieren.“

„Du aber auch nicht.“ Mein Einwand klang vorwurfsvoller als beabsichtigt.

„Auf wessen Seite stehst du eigentlich?“

„Auf deiner natürlich. Was für eine Frage. Ich bin aber sicher, dass er es wissen wollen würde.“

„Wozu? Damit er sich darüber freuen kann?“

„Meike, kein Vater dieser Welt wünscht sich den Tod seines Kindes. Und ich denke, das weißt du auch. Nein, sag nichts.“ Meike war sichtlich angestrengt. „Ich werde dich nicht weiter damit ärgern, aber mach dir wenigstens ein paar Gedanken darüber“, bat ich sie.

„Am glücklichsten Tag unseres Lebens war er nicht anwesend“, schob Meike nach einer langen Pause nach. „Angefleht habe ich ihn damals, seinen Stolz wenigstens am Tag unserer Heirat für ein paar Stunden zu verge…“ Ein plötzlicher Hustenanfall hinderte Meike daran weiterzureden.

„Hier.“ Ich drückte ihr ein Taschentuch in die Hand. Was sie auswarf, war zähflüssiger Schleim, darunter kleine, dunkle Blutklumpen. Als mir Meike das feuchte, zerknüllte Taschentuch zurückgab, sah ich Tränen in ihren Augen.

„Ich verfaule von innen", krächzte sie. Ich wusste nicht, was ich darauf antworten sollte, also entsorgte ich das Tuch schweigend. Es war, als würfe ich mit jedem zerknüllten Taschentuch ein Stück ihrer Würde mit weg. Aber ich hatte mich daran gewöhnt. An die Körpersekrete, das Röcheln, an den Anblick der Drainageschläuche und ihrer angeschwollenen Beine.

Kurz nach dem Besuch der Check-Out-Räumlichkeiten hatte sich Meikes Zustand wieder extrem verschlechtert. Das Wasser hatte sich mittlerweile in ihrem ganzen Körper angesammelt, und sie war aufgebläht wie eine Wasserleiche. Ihre Füße passten in keinen Schuh mehr, die Haut am Bauch spannte und musste täglich eingecremt werden. Die Operationsnarben leuchteten weiterhin feuerrot, auch wenn der letzte große Eingriff schon weit zurücklag.

John hatte damals recht gehabt, als er sagte, dass der Mensch stärker ist, als er denkt. Meikes Anblick ließ mich weiterhin nicht kalt, aber ich hatte das Gefühl, dass sich mein Selbst mit dem Krebs veränderte, dass ich mit jedem Tag reifer wurde und stärker. Meine Berührungsängste hatte ich nach und nach abgelegt. Es war für mich selbstverständlich geworden, Meikes deformierten Körper zu massieren, um die Schmerzen etwas zu lindern, das Pflegepersonal beim Umlagern zu unterstützen und Meikes Rollstuhl zu schieben, seit sie nicht mehr alleine gehen konnte. Und ich hatte das Gefühl, dass sie mit ihrer Krankheit Frieden geschlossen hatte, dass sie sich mit ihrem Schicksal nicht nur abgefunden, dass sie es sogar akzeptiert hatte, seit ein Ende abzusehen war. Seit der 23. November im Kalender rot markiert war, konnten wir beide wieder entspannter miteinander umgehen.

Ich respektierte Meikes Wunsch, keinem Menschen von ihrem Vorhaben zu erzählen. „Ich möchte sie nicht überfordern“, hatte sie gesagt, aber ich vermutete, dass Meike keine Abschiede mochte. Nicht einmal ihrer besten Freundin Gina teilte sie das Datum mit. Wie sich wenig später herausstellte, wäre das auch gar nicht nötig gewesen.

Es war Ende Oktober, als Gina ihrer Freundin wehtat. Ihr Besuch unterschied sich zu Beginn nicht von den anderen. Sie legte ihre Handtasche auf das Tischchen, desinfizierte sich die Hände, bevor sie Meike umarmte, richtete Grüße aus von besorgten Nachbarn und mitfühlenden Kundinnen, erzählte von den Tieren, die Meike so sehr ans Herz gewachsen waren.

„Es vermissen dich ganz viele Menschen, Meike. Du hast in den letzten Jahren ganz viel geleistet.“

„Danke, Gina.“

„Ich geh mir einen Kaffee aus dem Automaten holen. Willst du auch einen? Schwarz, wie immer?“

„Danke, Alex. Ich geh jetzt gleich wieder.“

„Aber, Gina, du bist gerade erst gekommen.“

„Ich kann nicht länger bleiben.“ Sie setzte sich auf den Sessel, auf dem ich sonst immer schlief, wenn ich bei Meike blieb.

„Ich muss mit euch beiden reden.“ Ich hatte kein gutes Gefühl.

„Ich werde mir eine Auszeit nehmen.“

„Du wirst was tun?“, fragte ich nach. Ich traute meinen Ohren nicht.

„Ich habe für eine Stellvertretung gesorgt. Meine Nichte Marie wird sich an meiner Stelle weiter um die Tierchen kümmern und dich unterstützen, bis eine dauerhafte Lösung gefunden ist.“

„Was willst du mir sagen?“, fragte Meike enttäuscht. Sie hatte verstanden.

„Ich habe Ferien gebucht. Ich brauche etwas Abstand.“

„Etwas Abstand? Gina, du sagst uns gerade, dass du abhaust.“

„Gina, du kannst mich nicht jetzt alleine lassen.“

„Meike, Liebe. Ich muss gehen. Ich kann das hier nicht weiter …“ Sie war mittlerweile in Tränen aufgelöst.

„Dann ist es besser, du gehst jetzt.“

Wortlos nahm Gina ihre Tasche, kramte ein Taschentuch hervor und entschuldigte sich schnäuzend.

Das war das letzte Mal, dass Meike ihre Freundin sah. Die Freundin, die sie über Jahre wie eine Schwester behandelt hatte und von der sie nun im Stich gelassen wurde.

„Wir brauchen sie nicht. Hörst du? Wir kommen auch ohne sie klar“, versuchte ich Meike zu trösten, presste sie vorsichtig an meine Brust.

„Ich möchte jetzt schlafen“, sagte sie und bat mich, die Vorhänge zuzuziehen.

Auch wenn ich John nur allzu gerne alles erzählt hätte, verlor ich kein Wort darüber. Weder über Gina noch über den Umstand, dass Meike mit der Unterstützung von Check-Out gehen würde. John. Auf ihn war Verlass. Er kam manchmal abends vorbei, um mit Tao Tao zu spielen, weil ich keine Kraft dazu hatte. Um aufzuräumen und mir etwas Warmes zu kochen, weil ich mich sonst nur von Sandwiches ernährte oder gar nicht aß. Aber ich brachte es nicht übers Herz, mit ihm über Check-Out zu sprechen. Es sollten später alle glauben, dass Meike an den Folgen ihrer Krankheit gestorben war. Sie wollte nicht für ihre Entscheidung verurteilt werden, hatte keine Lust, sich zu rechtfertigen, so wie sie es bei mir hatte tun müssen. Das kostete viel zu viel Kraft. Und John war Katholik. War der Suizid in der katholischen Kirche nicht Sünde? Vielleicht tat ich meinem besten Kumpel mit meiner Befürchtung unrecht, aber ich hatte keine Kraft, um mit ihm womöglich einen Konflikt darüber auszutragen. Nach langen Diskussionen mit Meike hatte ich sie dazu überreden können, ihrem Vater zumindest einen Brief zu schreiben. Ich bestand darauf, ihm wenigstens mitzuteilen, dass sie an Krebs erkrankt war. Dass Helmut auf den Brief nicht reagierte, wunderte Meike nicht.

„Immerhin hast du getan, was richtig war, und brauchst diesbezüglich kein schlechtes Gewissen zu haben."

„Ich hatte auch davor kein schlechtes Gewissen", versicherte mir Meike. Aber mein Instinkt sagte mir, dass der Brief keine so dumme Idee gewesen war.

Egoistisch wie ich war, war ich im tiefsten Inneren sogar froh über den Umstand, dass wir uns alle vom Leibe hielten. Ich wollte Meikes letzte Tage auf gar keinen Fall mit anderen teilen. Meike war geistig wieder aufgeblüht, seit die Beihilfe zum Suizid für sie zu einer fassbaren Tatsache geworden war. Und ich wollte diese Augenblicke gemeinsam genießen, so gut es ging. Ein letztes mal *wir* sein, Meike und Alex.

Kapitel 25

Alesjaurestugan-Kieron (18 km)

Diesmal bin ich diejenige, die den Kopf an Emmas Schulter anlehnt.

„Warst du die Künstlerin, von der Meike damals sprach? Die seit Jahren die Strecke hier wandert?"

„Wer weiß das schon?" Sie nimmt mein Gesicht zwischen ihre Hände, und mein Herz bebt, als sie mir einen Kuss auf die Stirn drückt. Wir stehen auf, löschen das Lagerfeuer, räumen auf. Ganz ohne Worte spricht Emma eine Einladung aus, indem sie meinen Schlafsack wie selbstverständlich in ihrem Zelt auslegt.

Ich nehme die Einladung an.

„Hast du Angst vor dem Tod?", fragt mich Emma, als sie merkt, dass ich nicht einschlafen kann.

„Wir müssen ehrlich zu uns selbst sein. Wir haben alle Angst vor dem Tod. Die wenigsten geben offen zu, dass ihnen der Gedanke an den eigenen Abgang schlaflose Nächte bereitet. Zur Beruhigung lassen wir uns auf Straßenfesten zwischen grölenden Betrunkenen und dem Gestank von Urin und altem Frittierfett die Hand lesen und wundern uns über die plötzliche Beklommenheit, während uns eine Fremde mit dem Zeigefinger über die Lebenslinie fährt. Wir rufen heimlich Astrologie-Hotlines an, die mit unserer Furcht jährlich Millionen Umsatz machen und uns dennoch keine Antwort auf die Frage geben: Wann und wie werde ich sterben?"

„Hast du denn jemals eine solche Hotline angerufen?", fragt Emma schmunzelnd.

„Bist du verrückt? Aber es ist doch so: Wir suchen Halt in Religionen, die uns das ewige Leben versprechen oder zumindest die Option, ähnlich wie bei einem Bonusprogramm Punkte für das Jenseits zu sammeln. Und wer nicht an Himmel und Hölle glaubt, sucht die Erlösung durch Selbsterkenntnis, liest am Wochenende Ratgeber und liegt dabei auf massenproduzierten Meditationskissen." Emma nickt zustimmend.

„Hast du Angst vor dem Tod?" Ich erinnere mich an den Abend, als Emma von ihren Abenteuern erzählt hatte und ich ihr nicht so recht glauben wollte, dass sie in Tel Aviv so furchtlos gewesen war.

„Ja, manchmal", gibt sie zu. „Das liegt wohl daran, dass wir dem Tod nur noch selten begegnen. Früher starben die Menschen wie die Fliegen. Es war kein seltener Anblick, einen Toten zu sehen, zu berühren. Der Tod war ständiger Begleiter, keine Nebensache. Man starb unter dem häuslichen Dach. Es wurde gemeinsam getrauert, und die Totenwache dauerte bis zum Tag der Beerdigung. Heute sterben die Menschen in Institutionen. Sie sind unsichtbare, sterile Geister geworden. Zwar bekommen wir medial täglich Hunderte von Toten zu Gesicht, aber wie viele sind tatsächlich *fassbar*?"

Ich nicke. „Vor Meikes Krankheit hatte ich mich nie mit dem Sterben befasst. Warum auch? Es schien mir noch so weit weg, so unpersönlich. Nie hätte ich damit gerechnet, dass es Meike, dass es uns treffen könnte. So früh. Wenn ich davor über den Tod nachdachte – wenn überhaupt – oder mir vorstellte, nur noch einen einzigen Tag auf der Erde zu haben, dann sah ich mich in Disneyland auf der höchsten Achterbahn herumfahren", füge ich hinzu. Während ich spreche, bilden sich kleine Atemwolken über meinem Kopf.

„Schätzchen, du und Disneyland. Das passt überhaupt nicht zusammen."

„Es war nur ein Beispiel", erwidere ich grinsend. „Mittlerweile weiß ich, dass Glück in den kleinen Dingen steckt. Abgesehen davon, dass Meike gar nicht mehr in der Lage gewesen wäre, irgendetwas Waghalsiges zu unternehmen, war alles, was uns in der Endphase ihrer Krankheit glücklich machte, nichts Neues und Berauschendes. Es waren unsere letzten Male. Meike ein letztes Mal ein Buch vorlesen. Sie ein letztes Mal Orangen auf meinem Bauch schälen lassen. Ein letztes Mal *wir* sein in allem, was uns im Alltag noch begegnete. Es ging nicht mehr um richtige oder falsche Entscheidungen. Meike war nicht mehr verzweifelt, und auch ich dachte nicht mehr daran, dass ich allein zurückbleiben würde. Die einzige Frage, die man sich stellt, wenn der Tod fassbar geworden ist, ist die nach dem Verzeihen. Musste ich Meike noch etwas verzeihen, und musste ich selbst bei ihr um Verzeihung bitten? Und wenn zwei Menschen, zwei Liebende beide Fragen mit einem Nein beantworten können, dann ist alles andere unwesentlich. Es lag keine Agonie mehr in der Luft. Nur Liebe. Unsere einfache, nackte Liebe." Bei diesen Worten entwischt mir ein Lächeln. So wie die Luft aus einem Fahrradventil herauszischt, waren die Sätze gerade aus meinen Mund herausgeströmt.

„Halt mich fest", bittet mich Emma auf einmal. Ich drücke sie eng an meinen Körper, streichle ihr blondes Haar. Zum ersten Mal sehe ich sie weinen.

„Der Blödsinn neulich tut mir leid.“

Ich hätte keine Ansprüche haben dürfen. Sie auch nicht. *Der Blödsinn neulich tut mir leid.* Mehr gibt es nicht zu sagen. „Ich weiß“, beruhige ich sie.

Am nächsten Tag folgen wir dem Schild nach Abiskojaure und halten uns rechts am Alesjaure-See. Das Gelände wird immer ebener, meine Füße sind dankbar dafür.

Emma nimmt wieder mehr Rücksicht auf mich und mein Tempo. Was auch immer Unausgesprochenes in der Luft war, hat sich nun wie von selbst aufgelöst. Arm in Arm haben wir nebeneinander geschlafen, das hat uns wieder versöhnt und zusammengeschweißt.

„Scheiße, Scheiße, Scheiße!“

„Was ist los?“, frage ich Emma beunruhigt. Wenn Wanderexpertin Emma flucht, dann ist das kein gutes Zeichen.

„Wir haben den falschen Weg genommen.“

„Haben wir uns verlaufen?“

„Nein, aber wir hätten uns vorhin auf der linken Seite halten müssen, nicht auf der rechten.“

„Und jetzt? Ich habe keine Lust, den ganzen Weg wieder zurückzulaufen.“

„Was wohl? Es bleibt uns nichts anderes übrig, als durch das strömende Wasser zu waten.“

„Tolle Idee.“

„Hast du eine bessere?“ Ich schüttle den Kopf.

So gut es geht, versuchen wir unser schweres Gepäck vor der Strömung zu schützen. Die Steine sind rutschig und machen es uns nicht gerade leichter, das Wasser zu überqueren. Einen Augenblick lang bin ich überzeugt, es nicht zu schaffen, und Emma scheint meine Gedanken zu lesen.

„Komm schon, es sind nur noch wenige Meter. Schau genau, wo du hintrittst. Ja, so ist es gut.“

Als sie wieder festen, trockenen Boden unter ihren Füßen hat, reicht sie mir die Hand und zieht mich mit.

„Geschafft!"

Beide noch außer Atem, ziehen wir uns um und stecken die nasse Kleidung in Plastiktüten.

„So kurz vor dem Ziel, ich fasse es nicht!", ärgere ich mich.

„War doch eine nette Erfrischung!", sagt Emma belustigt.

„Dich kann auch wirklich gar nichts aus der Fassung bringen, oder?"

„Selten."

Was jetzt kommt, sind vor allem Gestrüpp und Bergwiesen. In der Ferne dann ein Rentiergehege. Hier packen wir die nassen Sachen aus und lassen sie an der Luft trocknen.

„Das ist unsere letzte Möglichkeit, unsere Wasservorräte aufzufüllen", warnt Emma und zeigt auf einen bescheidenen Bach, der hinter dem Gehege fließt. „Danach gibt es für die nächsten sechs Kilometer keine Gelegenheit mehr."

Ich bin immer wieder erstaunt über Emmas Organisationstalent.

Als die Kleider mehr oder weniger trocken sind, führt mich Emma auf einem abfallenden Pfad an der Bergseite des Kartinvare entlang.

„Wer hat sich solche Pfade ausgedacht?"

„Gott?"

„Gott gibt es nicht."

Der Rucksack drückt, während wir eine Böschung zum Birkenwald hinuntergehen.

„Ich kann bald keine Birken mehr sehen!"

„Birken sind toll. In der Steinzeit waren sie wichtige Nutzbäume. Die jungen Blätter sind reich an Vitamin C, und die Rinde brennt auch, wenn sie nass ist. Daraus kann man auch tolle Wasserbehälter machen. Die innere Rindenschicht der Birke ist übrigens essbar, wenn man sie kocht."

„Mir wäre jetzt ein großer Teller Bratkartoffeln mit Speck viel lieber. Bin ich froh, wenn das alles vorbei ist", jammere ich.

„Ich nicht", antwortet Emma. Ihre Aussage verunsichert mich.

„Du bist ja auch eine Sportskanone."

„Wir haben es auch bald geschafft." Ich möchte ihr glauben und konzentriere mich wieder auf meine Schritte. Östlich des Kartinvare entdecke ich eine Berghütte. Wir folgen von dort aus dem Weg nach Siellajåkka.

„Siehst du die Brücke dort hinten?"

„Wo?"

„Alex, bist du blind? Dort hinten."

„Ja, sehe ich."

„Gleich dahinter ist unser Checkpoint. Ich schlage vor, dass wir hier am Keronbacken unser Zelt aufschlagen."

Ich habe nichts einzuwenden und helfe Emma dabei, den Rucksack abzustreifen. Auch so kurz vor dem Ziel fliegt ab und an ein Helikopter vorbei, transportiert Verletzte zurück zum Hauptcamp.

„Du kannst stolz auf dich sein, Alex", sagt Emma daraufhin. „Nicht jede schafft es bis zu diesem Punkt gleich beim ersten Mal."

„Es wird auch kein weiteres Mal geben!", sage ich spitz, und wir lachen beide.

Kapitel 26

Meike war mittlerweile wieder zu Hause. Zusammen mit der Spitex, wie die Schweizer die ambulante Pflege nannten, und unter Einbezug eines Palliative-Care-Teams hatten wir die Wohnung so eingerichtet, dass sie ihre letzten Tage auf alle Fälle in ihrer vertrauten Umgebung verbringen konnte. Ich war mittlerweile ausreichend geschult, um mit den voraussehbaren Ausnahmesituationen klarzukommen, hatte alle möglichen Telefonnummern griffbereit, sollte tatsächlich der Ernstfall eintreten. Ich hatte John informiert, dass ich mit Meike nun zu Hause war. Über die Sterbehilfeorganisation verlor ich weiterhin kein Wort. Er bot sich als Fahrer an für Einkäufe und sonstige Erledigungen, aber ich versuchte, seine Hilfe so wenig wie möglich in Anspruch zu nehmen, um ihn nicht auf direktem Wege ins Burn-out zu befördern.

„Ist alles in Ordnung?“, fragte Meike. Sie saß in ihrem Rollstuhl und beobachtete mich dabei, ob ich Tao Taos Futter auch richtig zubereitete. Es gab Dinge, die sich einfach nie änderten.

„Ja, entschuldige. Ich bin ganz bei dir.“

„Woran hast du gerade gedacht? Bedrückt dich irgendwas?“

„Das möchtest du nicht wissen.“

„Doch, das möchte ich.“

„Also gut.“ Ich machte eine Pause, bevor ich verlegen weitersprach: „Ich weiß nicht, wie es mit mir weitergehen soll. Ohne dich. Du gehst, und ich bleibe zurück in diesem Land, das ..." Ich trank einen Schluck zu heißen Kaffee, und für einen Augenblick war ich froh um den Schmerz in der Kehle. Lieber innerlich verbrennen als sinnlos weiterreden.

„Sag schon."

„Meike, ich komme aus Berlin. Wir wohnen in Zürich. Das ist für mich, wie auf dem Dorf zu leben. Gut, ich hab John und bis vor Kurzem noch Gina und vielleicht ein paar Arbeitskollegen aus dem Studio. Aber das ist auch schon alles. Solange ich mit dir zusammen bin, komme ich mit diesen seltsamen Schweizern klar. Aber wenn du weg bist, sehe ich mich von einem Fettnäpfchen ins nächste treten."

„Das habe ich mir gedacht."

„Was? Dass ich nicht ohne dich klarkomme? Oder dass ich in jedes Fettnäpfchen trete?"

„Beides." Sie schnappte nach Luft. „Deshalb habe ich schon etwas vorbereitet. Oder vorbereiten lassen. Zweite Schublade von oben, auf der rechten Seite."

„Wie bitte?"

„An meinem Schreibtisch", schnaufte sie. Neugierig eilte ich ins Büro, riss die Schublade auf und entdeckte eine Art Manuskript. Wenige Sekunden später wedelte ich damit vor Meikes Gesicht. „Meinst du das hier?" Ich setzte mich auf einen Küchenstuhl und ließ es auf meinen Schoß fallen. „Was ist das?"

Meike zuckte mit den Achseln. Also blätterte ich vorsichtig darin.

„Ist das ein Handbuch?", fragte ich weiter.

„So ähnlich", antwortete Meike, und ich erkannte an ihren Augen, dass sie sich freute.

„Ich kann dich nicht alleine zurücklassen, ohne ein Survival-Buch zu hinterlassen", erklärte Meike weiter. „Ohne dir kostbare Informationen zu vermachen, beispielsweise darüber, wo der Pürierstab steht oder an welchem Tag im Monat die Papiersammlung ist."

„Du bist verrückt. Was für eine schöne Idee, das ist toll, wirklich toll." Etwas anderes fiel mir vorerst nicht ein. Ich blätterte im Manuskript weiter. „Das ist ja … Du hast … Das war ein Riesenaufwand! Schau dir diesen Umfang an! Wie hast du das denn hinbekommen?"

„Seit wir zusammenwohnen, habe ich für jede Situation, in der du etwas verzweifelt gesucht oder resigniert aufgegeben hast, eine kleine Anleitung geschrieben. Über drei Jahre verteilt ist das nicht so viel Arbeit. Und für den Rest hat mir Gina geholfen. Bis sie abgehauen ist."

Ich schlug eine zufällige Seite auf.

„Unglaublich. Sogar mit Bildchen. Hier! Was die Waschmaschinensymbole bedeuten. Daran hast du echt gedacht?"

„Soll ich dich an die Geschichte erinnern, als du …"

„Nein, nein", unterbrach ich sie und blätterte weiter. „Unfassbar! Das Rezept für den Rindsrollbraten mit Kürbis-Nussfüllung."

„Dein Lieblingsgericht", ergänzte Meike. Ich merkte, dass sie nachdenklich wurde.

„Ich kann es immer noch nicht glauben."

„Dabei hast du den Rest noch gar nicht gesehen."

„Den Rest? Welchen Rest?" Aufregung machte sich in mir breit.

„Ich habe dir ein paar Bücher gekauft."

„Bücher? Aber ich lese doch nicht gerne", sagte ich etwas enttäuscht.

„Es sind ja auch keine gewöhnlichen Bücher."

Meike schickte mich diesmal in ihr Schlafzimmer und zu ihrem Kleiderschrank. Hinter Oberteilen und Hosen versteckt, fand ich ein flaches, aber schweres Paket.

„Öffne es“, forderte Meike mich auf, als ich sprachlos vor ihr stand. In der Hand hielt ich ein *Züri-Dütsch*-Wörterbuch, mehrere Übungshefte und einen Ratgeber für Deutsche in der Schweiz.

„Ich wollte sie dir schon vor Monaten zum Geburtstag schenken. Dann vergaß ich kurzfristig, wo ich sie versteckt hatte. Aber das ist auch eine gute Gelegenheit, um sie dir zu überreichen.“ Ich war gerührt.

„Was starrst du mich so an?“, fragte sie beunruhigt. „Dein Schweigen verrät doch, dass du etwas angestellt hast.“

„Habe ich nicht.“

„O doch. Alex, ich kenne diesen Blick. Was hast du angestellt, und wie stark bin ich davon betroffen?“

„Ich bin gleich wieder zurück“, sagte ich schmunzelnd und stolperte in der Eile beinahe über ihren Sauerstoffschlauch. Zurück kam ich mit einem Umschlag, den ich Meike in die Hand drückte.

„Öffne ihn“, sagte ich. Sie hatte zwar Mühe und brauchte ewig, um ihn aufzureißen, aber ich wollte, dass sie ihn alleine öffnete. Ein Flugticket zitterte in ihren Händen.

„Stockholm? Ich verstehe nicht.“

„Ich werde nach Stockholm reisen. Na ja, durchreisen“, korrigierte ich mich. „Ich werde nach Kiruna fliegen.“

Der Satz löste bei Meike einen Hustenanfall aus. „Kiruna?“, japste sie. „Was willst du ausgerechnet in der nördlichsten Stadt Schwedens machen?“

„Ich werde für dich hinreisen.“ Es wurde still in der Küche. Keine störte sich gerade daran, dass Tao Tao auf die Küchenablage gesprungen war und sich nun wie am Katzenbuffet selbst bediente.

„Ich glaube es nicht. Meine Alex, die sich sonst immer so lustig über mein Hobby gemacht hat, reist nach Schweden und wandert. Das ist nicht wahr.“

„Es ist wahr“, wiederholte ich. „Es ist alles gebucht und bezahlt.“ Ich legte Hotelbestätigungen und Quittungen vor. Ein Elch in einem dunkelblauen Kreis zierte die restlichen Unterlagen. Das Logo eines Outdoor-Unternehmens.

„Du gehst die hundertzehn Kilometer? Du wanderst genau die Strecke, die ich …“ Meike konnte vor Rührung nicht mehr sprechen.

„Die Reise findet erst im August statt. Es ist Mitte November, also habe ich noch genug Zeit, um mich angemessen darauf vorzubereiten.“

„Du hasst Wandern.“

„Aber ich liebe dich. Und das ist mein letztes Geschenk an dich.“

Kapitel 27

Ich starrte auf die Anzeige des Digitalweckers. Wir hatten noch ein paar wenige Nachtstunden, bis Susanne an der Tür klingeln würde. Irgendwann vormittags hatte sich Meike ihren Todeszeitpunkt gewünscht. „Weil vormittags der Kopf noch frei ist", hatte sie argumentiert.

Wir lagen nebeneinander in ihrem Bett. Das Fenster war auf Kipp, und die Schreie feiernder junger Menschen schallten uns entgegen. Laternenlicht erhellte den Raum. Es war saukalt im Schlafzimmer, aber Meike hatte Atemnot und fühlte sich wohler, wenn Türen und Fenster offen waren.

„Hörst du es, Alex?"

„Was denn? Was soll ich hören?"

„Draußen. Das Leben geht weiter, Alex. Auch ohne mich." Meike suchte meine Hand, hielt sie fest, so gut sie konnte.

So lagen wir für unbestimmte Zeit, hörten der Welt zu, für die unser Schicksal so bedeutungslos war.

So vieles wollte ich Meike noch mitteilen. Ich hatte mir Tage, Wochen davor die Worte immer wieder zurechtgelegt, Ordnung in meinem Kopf gemacht. Ich wollte ihr sagen, dass ich ohne sie nicht leben konnte. Nicht leben *wollte*. Dass das Leben nicht schön, sondern ungerecht war, weil es zuließ, dass eine Frau, die noch mitten im Leben stand, vom scheußlichen Krebs heimgesucht worden war. Ich wollte ihr sagen, dass ich sauer war. Auf die Krankheit, so ekelhaft und abscheulich. Weil sie die Menschen von innen auffraß, sie verwandelte, ihnen die Würde nahm. All das wollte ich Meike sagen, aber auf einmal gab es doch nichts, was noch ausgesprochen werden musste. Die letzten Tage mit ihr, die Tatsache, dass sie so friedlich und in sich ruhend war, reichte. Und während ich in ihrem Bett lag, Tao Tao schnurrend auf der Decke, spürte ich, dass wir nach einer ganz schweren Phase wieder zueinander zurückgefunden hatten, ein letztes Mal.

Nachdem ich das Fenster auf Meikes Bitte wieder schloss, verschwand ich aus dem Zimmer und kam wenig später mit einer Riesenmuschel zurück.

„Die Muschel, die wir mal in Apulien gefunden haben", erkannte Meike sie sofort.

Wir lagen uns wieder in den Armen. Tao Tao am Fußende spielte mit den Zehen, rollte sich ein. Schlummerte. Die Augen geschlossen, hielten wir uns gegenseitig die Muschel ans Ohr.

„Ich kann dir nicht versprechen, dass ich die Wanderung durchziehen werde. Eine solche Strecke ist kein Spaziergang", entschuldigte ich mich.

„Aber du tust dein Bestes. Und mir reicht es schon, dass du überhaupt hinreist. Ich werde bei dir sein."

„Sei nicht so kitschig", versuchte ich locker zu sein, aber meine Stimme zitterte. „Aus Liebe zu dir werde ich es tun."

Ich legte die Muschel auf den Nachttisch, zog erst den Pullover, dann das T-Shirt aus und drückte dann Meike behutsam, aber fest an mich.

„Was machst du?", fragte sie.

„Ich möchte dich spüren", sagte ich. Ihr warmer Atem auf meiner Brust war alles, was ich haben wollte.

„Ich liebe dich", flüsterte Meike.

„Ich liebe dich auch“, schluchzte ich. Mir wurde klar, was jetzt passieren würde.

„Ich kann nicht gehen, wenn du weinst.“

„Es ist gut, es ist gut. Es hört gleich auf“, nickte ich ihr zu, während sie uns, so schwach wie sie war, die Tränen wegwischte.

„Es ist gut“, wiederholte sie. „Ich möchte ein wenig schlafen“, brachte sie mit letzter Kraft heraus, kuschelte sich weiter an meine Brust. Ich spürte ihren letzten Atemzug auf meiner Haut. Ich spürte, wie die Kraft nachließ, ihr Körper schwer wurde. Und ich küsste sie. Ihren Mund, solange er noch warm war. Streichelte ihre Haare, streichelte sie so lange, bis es an der Tür klingelte und ich mich, zwischen Traum und Wirklichkeit, aus der Umarmung löste.

Kapitel 28

„Frau Moser. Bitte, treten Sie ein."

„Susanne."

„Stimmt. Susanne ...", korrigierte ich mich. „Bitte hier lang."

Ich führte sie ins Wohnzimmer. Wie oft hatte ich mir diesen Augenblick vorgestellt, wie oft war ich nachts aus dem Schlaf gerissen worden, weil ich Susanne am Fußende des Bettes gespürt hatte, mir die Flasche mit dem tödlichen Gift entgegenstreckend. Jetzt war sie hier. Susanne aus Fleisch und Blut stand in unserer Wohnung.

„Schönes Wohnzimmer. Wirklich schön eingerichtet. Die Vase mit dem Sonnenblumenmuster gefällt mir sehr."

„Danke. Ich habe mich nie wirklich darum gekümmert. Die meisten Sachen hat Meike ausgesucht."

„Eine Frau mit Geschmack. Wie geht es ihr denn?"

„Den Umständen entsprechend sehr gut." Ich wusste nicht, wie ich es ausdrücken sollte. „Sie schläft."

„Vielleicht warten wir dann noch einen Moment. Ich möchte die Gelegenheit nutzen, um mit dir zu reden." Ich starrte sie fragend an.

Susanne beugte sich vor, umschloss liebevoll meine Hände. „Wie geht es dir, Alexandra?"

„Ich bin ... erleichtert. Ja, erleichtert ist der passende Ausdruck."

„Ich kann mir vorstellen, wie anspruchsvoll und schwer die letzten Monate für dich gewesen sein müssen." Sie drückte meine Hände noch fester. „Du weißt aber: Ihr könnt es euch jederzeit nochmals überlegen. Nur weil ich jetzt hier bin, heißt das nicht, dass …"

„Ich weiß."

„Gut, aber wenn Meike trinkt, gibt es kein Zurück mehr. Sie wird wirklich alles austrinken müssen, um Komplikationen zu vermeiden. Es tut mir leid, dass ich in einem solch empfindlichen Augenblick so ausführlich sein muss und Dinge, die wir während der Beratungsgespräche geklärt haben, wiederhole, aber je besser ihr die Abläufe kennt, umso entspannter und ruhiger werden sie sein."

Ich nickte.

„Gut. Sie wird fünfzehn Gramm Natrium-Pentobarbital bekommen, kurz NaP. Es wird ihr vegetatives System gänzlich lähmen. Ich werde es für sie in Wasser auflösen, was auch sehr, sehr bitter schmecken wird, richtig abscheulich. Ich habe etwas Milchschokolade dabei, aber mit dem Kauen muss sie sich beeilen. Das Medikament wirkt schnell."

„Ich denke nicht, dass Meike die Schokolade brauchen wird."

„Wie ihr möchtet. Sie kann auch etwas anderes haben, um den hässlichen Geschmack zu überdecken."

Susanne machte eine Pause. Dann nahm sie ein durchsichtiges Glasfläschchen aus ihrem Köfferchen heraus und hielt es hoch. „Diese Paspertintropfen werden ihren Magen beruhigen und verhindern, dass sie sich übergeben muss."

„Das alles klingt nicht besonders angenehm", sagte ich.

„Mach dir keine Sorgen. Das Barbiturat wirkt schmerzlos und völlig ohne Risiko. Gleich nach der Einnahme wird sie schon nach wenigen Minuten in einen Tiefschlaf verfallen."

„Ich mache mir keine Sorgen", erwiderte ich und erstaunte über die vollkommene Ruhe, die ich verspürte.

„Das ist gut. Einige haben Angst, dass ihre Atmung aussetzt oder ihr Herz plötzlich stillsteht. Meike wird sowohl vom Kreislauf- als auch vom Herzstillstand nichts merken. Sie wird ruhig und im Schlaf diese Welt verlassen", ergänzte Susanne und schaute mich verständnisvoll an. Dann packte sie etwas aus, was mich irritierte. „Eine Kamera?" Dann fiel es mir wieder ein.

„Ja, so wie wir es neulich besprochen haben. Ich werde die ganze Zeit anwesend sein, um alles zu dokumentieren, und die kurze Phase der Einnahme des Medikaments werde ich aufnehmen müssen. Aber keine Sorge. Das Sterben selbst werde ich nicht filmen. Ich werde aber hinterher die Polizei verständigen, die in Begleitung eines Amtsarztes eine Legalinspektion durchführen wird. Das ist Routine, du brauchst dir deshalb keine Sorgen zu machen. Sie werden die näheren Umstände klären und prüfen, ob alles vorschriftsgemäß verlaufen ist. Jede Form des Suizids gilt amtlich als außergewöhnlicher Tod, und das Video stellt unseren Sachbeweis dar. Die Aufnahmen zeigen den Behörden, dass Meike in der Lage war, diesen letzten Akt in ihrem Leben selbst zu vollziehen. Und dir, Alexandra, werden damit unangenehme Fragen erspart." Sie strich mir über die Schulter, dann griff sie zu einer der CD-Hüllen, die auf dem Tisch lagen.

„Ist das die Musik, die ihr für heute ausgesucht habt?"

„Ja, Céline Dion." Ich musste schmunzeln. „Und dann auch noch das Album aus den Neunzigern."

„Dion hatte auch mal ihre goldene Zeit, nicht wahr?", sagte Susanne lächelnd. „Und wer bist du?"

„Komm her, Tao Tao." Rasch nahm ich den Kater hoch, um zu verhindern, dass er sich weiter an Susannes Beinen rieb.

„O nein. Es tut mir leid wegen der Haare."

„Das macht mir nichts aus“, versuchte mich Susanne zu beruhigen. „Tao Tao. Ein besonderer Name für einen Kater.“

„Katzen mögen kurze Namen mit Vokalen. Und Meike wollte, dass er symmetrisch ist. Wegen des Gleichgewichts oder so“, erklärte ich. „Und ich nenne ihn gern so, weil er so fett ist wie ein Panda“, schob ich hinterher.

„Sehr süß. Wenn ihr wollt, darf er selbstverständlich auch bleiben.“ Susanne schaute auf die Uhr. „Wollen wir langsam schauen, ob Meike vielleicht schon wach ist?“ Ich stand wortlos auf und führte Susanne zu Meikes Schlafzimmer. Tao Tao sprang auf, schnitt mir den Weg, erreichte als Erster den Raum und zwängte sich durch die enge Türspalte. Ich warf Susanne einen Blick zu. Einen Augenblick später ließ ich mich in ihre Arme fallen und brach endlich in Tränen aus.

Susanne streichelte mir den Kopf wie bei einem verängstigten Kind. Ich weinte aber nicht aus Furcht oder Verzweiflung. Ich weinte aus Erleichterung. Ganz lange sagte sie nichts. Sie drückte mich und ließ es mit sich geschehen, ließ zu, dass ich ihr die Bluse versaute, und flüsterte dann immer wieder: „Es ist alles gut, Alexandra. Alles ist gut. Lass es raus.“

„Es ist heute früh passiert“, schluchzte ich. „Ich habe es nicht geschafft, dich vorher anzurufen. Ich konnte einfach nicht.“

„Mach dir keine Gedanken. Das passiert häufiger, als man denkt.“

Ich löste mich aus ihrer Umarmung und rieb mir die Augen. „Was meinst du damit?“, fragte ich irritiert.

„Die Hälfte der Menschen, für die alles vorbereitet ist, meldet sich gar nicht mehr bei Check-Out. Wir von der Organisation schließen anderen eine Tür auf. Wir lehnen sie nur an, wir brauchen sie nicht einmal ganz zu öffnen. Für schwer kranke Menschen ist das Wissen um einen Ausweg erleichternd. Dass sie die Tür einfach aufstoßen könnten … Das reicht ihnen in den meisten Fällen schon. Sie lernen loszulassen. Dann stirbt es sich in vielen Fällen leichter von selbst." Ich schluckte, drehte mich nach Meike um. Sie lag da, völlig unbeweglich, so, wie ich sie verlassen hatte, um Susanne die Tür zu öffnen. „Ich kümmere mich um alles", versicherte mir Susanne.

Ich setzte mich wieder zu Meike ans Bett. Ich hatte sie zugedeckt, so wie ich es morgens oft getan hatte, bevor ich ins Studio fuhr. Ihr Körper war noch warm, ihr Ausdruck friedlich und schmerzbefreit. Noch vor wenigen Monaten hatte ich an den Fortschritt, die Intensivmedizin geglaubt. Und ich hatte mich oft gefragt: Wenn wir diese Möglichkeiten haben, sind wir dann nicht auch verpflichtet, sie in Anspruch zu nehmen? Doch zu welchem Preis? Heutzutage ging es immer mehr um die richtige Pflege, um Therapien, um Schmerzlinderung und die Versorgung bis zum letzten Atemzug, aber es ging nicht um den Tod. Der medizinische Fortschritt nahm uns ein Stück Autonomie weg, und wir merkten es nicht einmal. Bevor Meike in meinen Armen starb, hatte ich zuvor niemanden sterben sehen. Ich konnte ihre letzten Atemzüge spüren, die Ruhe, die sich wie ein Tuch auf sie legte. Nur für uns. Und es war unbeschreiblich schön.

Kapitel 29

Kieron-Abisko (17 km)

Am Ende meiner Erzählung bricht Emma in Tränen aus.

„Es gehört zum Leben dazu", sage ich mit ruhiger Stimme. Welche verrückte Situation, denke ich. Jetzt bin ich nicht mehr diejenige, die Trost braucht. Emma nimmt dankend ein Taschentuch, entspannt sich allmählich.

Später lege ich mich wieder zu ihr ins Zelt. Ich fühle mich befreit, leichter. Emma schaut mich verständnisvoll an, streichelt liebevoll mein Gesicht, bevor sie die Taschenlampe ausmacht. Zum ersten Mal seit Langem schlafe ich traumlos und ohne zwischendurch aufzuwachen.

Nach unserem letzten gemeinsamen Frühstück, bestehend aus geschmacksneutralem Haferbrei, den ich ganz bestimmt nicht vermissen werde, erreichen wir schon bald den Nationalpark Abisko. Eine Badestelle lädt zum Verweilen ein, aber wir beschließen, den Schritt lieber zu beschleunigen. Es gibt noch Hoffnung auf eine Bronzemedaille, und mich hat mittlerweile der Ehrgeiz gepackt. Wie sich herausstellt, interessiert sich Emma auch für Botanik und kommt auf diesem letzten Stück auf ihre Kosten.

„Emma, es interessiert mich wirklich nicht, wie die Blumen alle heißen."

„Du verpasst was. Ignorantin."

Ich werfe ihr einen bösen Blick zu.

„Es war liebevoll gemeint", sagt sie mit einem schelmischen Blick.

„Wir sind bald da", jubelt sie. „Wollen wir uns vorher noch die Schluchten ansehen?"

„Lieber nicht."

„Aber sie sind von schwarzem und weißem Gestein gesäumt."

„Emma, ich will diese Medaille. Lass uns weitergehen."

„So kenne ich dich gar nicht, du Tiger!", lacht sie mich aus.

Als wir Stunden später Abisko erreichen und ich dieses kleine Stück Metall in Händen halte, breche ich in Tränen aus. Ich werfe die ganze Last, die ich die letzten Tage und Wochen mit mir herumgetragen habe, von mir ab und setze mich erschöpft auf den staubigen Boden. Emma lässt mich eine ganze Weile in Ruhe, irgendwann setzt sie sich dazu und umarmt mich. Wartet, bis ich keine Stimme mehr zum Schluchzen habe und den Griff um die Medaille lockere.

„Lass uns eine Dusche nehmen. Und dann lade ich dich im Restaurant zum Essen ein." Ich nicke, wische mir die letzten Tränen vom Gesicht und folge Emma in die Sanitäranlagen.

Frisch geduscht und umgezogen, bin ich gerade dabei, an saftigen Spareribs zu knabbern, als ich plötzlich meinen Namen rufen höre.

„Thomas?"

„Wer denn sonst?" Er drückt mich, als wären wir schon seit Jahren befreundet. „Du hast es also geschafft!"

„Wer hätte das geglaubt?", sage ich ein wenig stolz. „Und du hast mich ganz offensichtlich eingeholt, obwohl ich einen Tag Vorsprung hatte."

„Ja, aber das mindert deine Leistung nicht. Oh, du bist in netter Gesellschaft, dann will ich euch nicht länger stören“, bemerkt er augenzwinkernd.

„Du störst nie“, lüge ich. „Aber ja, ich glaube, es ist gut, wenn wir ein wenig Zeit für uns haben.“

„Du siehst richtig gut aus, Alex. So verändert.“

„Du meinst wohl erschöpft.“

„Nein“, insistiert er. „Es ist etwas ganz anderes.“

Kapitel 30

„Hast du alles dabei?“

„Ich denke schon.“

„Dann ist es nun so weit“, stellt Emma fest. Sie sieht nicht besonders glücklich aus.

„Ja, es ist so weit“, sage ich verlegen. „Wann geht dein Flieger?“

„Nur eine halbe Stunde später.“

„Ich muss nun durch die Sicherheitskontrolle gehen.“ In meinem ganzen Leben war ich noch nie so verlegen wie jetzt in diesem Augenblick.

Emma legt ihre Arme um meine Hüften, ich meine um ihren Hals.

„Du wirst mir fehlen.“

Ich schließe die Augen. „Danke für alles, Emma.“

„Nichts zu danken.“ Emma löst sich aus der Umarmung. Sie wartet auf etwas, was ich ihr nicht geben kann. Und will. Und es bricht mir das Herz.

„Pass auf dich auf, Alex. Wenn du dich so anstellst wie in der Wildnis, muss ich mir ernsthafte Sorgen um dich machen.“

„Mach dir keine Sorgen, ich bin schon groß.“ Wir lächeln uns an, dann drücke ich ihr einen freundschaftlichen Kuss auf die Lippen.

Emma beobachtet, wie ich die Sicherheitsschranke passiere, Flugticket und Pass vorlege. Als ich mich ein letztes Mal umdrehe, ist sie schon verschwunden.

Danksagung

Nie hätte ich gedacht, dass ich dieses Projekt jemals zu einem Ende bringen würde. Doch nun ist er da, mein erster Roman. Ohne Unterstützung wäre ich wahrscheinlich heute noch dran. Ich bedanke mich herzlich bei einem der wichtigsten Menschen in meinem Leben: Constance, die auch die traurigsten Szenen tapfer gelesen und mir auch dann den Kaffee gekocht hat, wenn ich vor Frust alles hinschmeißen wollte. (Es tut mir leid, dass ich dich während meiner kreativen Phasen immer wieder mitten in der Nacht geweckt habe.) Ich bedanke mich bei Claudio, der immer auf sein kleines Schwesterherz stolz war und diesen Erfolg leider nicht mehr mit mir persönlich teilen kann. Ich bedanke mich bei meinen Eltern, die sich mit mir freuen und das Erscheinen des Buches kaum erwarten konnten. Ich bedanke mich bei Petra für die humorvollen Meta-Kommentare, das Servieren von literweise Yogi-Tee und den spontanen Vorlagen, die mich dazu bewogen haben, Szenen daraus zu verfassen.

Ich bedanke mich bei Isabella, Christine und Klaus für ihre kritischen Stimmen, weil sie mich damit vorangetrieben haben.

Ich bedanke mich bei meinen Freundinnen Stella, Vera, Elke und Valéria für die Inputs und Verbesserungsvorschläge.

Ein Dankeschön geht auch an meinen Fahrlehrer Andy, der Geduld gezeigt hat sowohl beim Zuhören als auch beim Autofahren. Danke auch an Victor, Sabine, Gaby,

Marianne und Karl. Ihr habt mich alle immer sehr motiviert.

Ein besonderes Dankeschön geht an meinen ehemaligen Ethik-Professor Peter Schaber. Tania und Karen-Susan ein herzliches Dankeschön für die professionelle Unterstützung trotz des vollen Terminkalenders und euch, Ilona und Jim, weil ihr an dieses Projekt geglaubt habt.

Die fiktiven Figuren dieses Romans sind frei erfunden, die Handlungen teilweise angeregt durch reale Personen, aber nicht mit ihnen identisch. Die Handlung dieses Romans ist nicht die dokumentarische Darstellung tatsächlicher Vorgänge. Darum erhebt dieses Werk keinesfalls den Anspruch, die geschilderten Vorgänge könnten wahr sein oder sich so zugetragen haben.